COLLECTION FOLIO

José Giovanni

# Le musher

Gallimard

Né en 1923 dans une vieille famille corse, José Giovanni a vu ses études de droit interrompues par la guerre.

Pendant l'Occupation, il est d'abord moniteur à « Jeunesse et Montagne », puis il connaît les maquis, la prison, les évasions, la violence.

A la Libération, il ne parvient pas à se « réincorporer ». Il connaît alors jusqu'à trente-cinq ans une existence hasardeuse.

Ce sera sur les conseils d'un ami, avocat et écrivain, Me Stephen Hecquet, qu'il commencera à écrire.

Ses romans ont presque tous été adaptés à l'écran. José Giovanni est devenu lui-même scénariste, dialoguiste et metteur en scène. De Jean-Paul Belmondo à Alain Delon en passant par Lino Ventura, Jean Gabin, Claude Brasseur, Annie Girardot, Paul Meurisse et Charles Vanel, les plus grands acteurs ont interprété les personnages que José Giovanni a personnellement connus le long de sa vie aventureuse.

Il vit aujourd'hui en Suisse avec sa famille et continue à pratiquer l'alpinisme.

*A Eccluke, ma chienne de tête.*

# CHAPITRE I

Le train venait de quitter Anchorage, et Dan Murphy regardait les approches de l'hiver.

Pendant les cinq dernières années, il avait vécu assis ou couché et il ne demandait plus qu'à rester planté sur ses jambes à se promener, à se réhabituer aux grands espaces.

D'abord, le regard qui a perdu ses distances avec l'horizon. La neige, encore très fine, bordait la voie ferrée. Mais le plumage brun et gris du lagopède blanchissait déjà. Il annonçait la neige définitive et les gelures de toute la grande terre.

Dan errait le long des couloirs. Cette démarche un peu lente dissimulait sa légère claudication. Elle s'accentuait s'il courait. Il ne courait jamais. Certains jours, la raideur de sa jambe gauche était plus sensible. Mais, à force de mouvements, elle devenait presque comme l'autre. Dan savait que les progrès étaient stoppés depuis longtemps et qu'il emporterait cette différence dans sa tombe. C'était sans doute à cause de cette jambe que l'inaction des dernières années lui avait pesé le plus.

Le mécanicien ralentissait en klaxonnant pour effrayer les orignaux qui broutaient, entre les rails, les restes du pâturage.

Le train était pratiquement vide. Dan s'arrêta pour écouter un Esquimau de la péninsule de Seward et un autre du delta de Kuskokwin qui discutaient aimablement des mérites de leurs différents dialectes. Chacun tournait en dérision l'accent de l'autre. Finalement le plus âgé prit Dan à témoin.

– Quel est le meilleur, le plus mélodieux? lui demanda-t-il.

Dans son dialecte, il avait dit « le plus proche du vent qui annonce le dégel ».

Dan pria le plus jeune de parler à son tour. Ils prononçaient tous les deux des sons étranglés, gutturaux, peu harmonieux pour celui qui n'en a pas l'habitude. Dan connaissait mieux l'estuaire du Kuskokwin que la péninsule de Seward. Cela remontait à ses débuts en Alaska.

Pour ne vexer ni l'un ni l'autre, Dan répondit dans un langage esquimau plus généralisé que l'essentiel était de continuer à parler sa langue et non celle des mercantis venus exploiter le pays et les hommes.

Par les vitres, Dan ne regardait qu'en face de lui ou devant. Jamais derrière. Il savait que si depuis Anchorage on voyait les monts Chugach, on voyait aussi, au sud-ouest, dans la baie de Cook, d'énormes plates-formes pétrolifères, construites pour résister aux plus hautes marées et aux courants les plus forts du monde, qui jetaient une lueur fantastique sur les eaux glaciaires.

Voilà ce qu'il laissait derrière lui en roulant vers Fairbanks.

Il aurait pu téléphoner à Bob Leeve, le seul ami de sa race qu'il avait encore dans ce putain de pays. Mais il préférait lui tomber dessus par surprise. Il avait davantage besoin de serrer la main de quelqu'un que de discutailler dans un téléphone.

Le train s'arrêta en pleine nature. Dan se pencha pour voir monter une mère et ses quatre enfants qui allaient prendre leur bain hebdomadaire à trente kilomètres de là.

Le train repartit et, plus loin, un chasseur brandit une pancarte : « Prenez-moi demain, milepost 212. » Le conducteur le nota sur son agenda.

Le train freina encore, çà et là, pour permettre aux fermiers de jeter leur courrier dans le train. Il s'arrêta aussi pour décharger les produits d'épicerie et les fournitures que les habitants isolés avaient commandés à Anchorage par lettre ou radio.

Dan s'en foutait. Il n'était pas pressé. Il avait d'octobre à février pour réaliser son projet. Natif du Québec, d'un Anglais flegmatique et d'une Française un peu anarchiste, Dan Murphy avait l'habitude de mesurer ses gestes.

Il restait dans les contours de son corps. Il n'en était sorti qu'une seule fois, au seuil de la quarantaine, le jour de l'accident, en face de cette saloperie de docteur William Bettniger.

Le mont McKinley le coupa de ses souvenirs. Le train montait, en lacets, depuis Talkeetna.

Dan sortit un sandwich de sa poche et le mangea sans y penser. Il connaissait parfaitement ce parc immense, au pied de la montagne, avec ses loups, ses grizzlis et ses troupeaux de caribous. Un jour il y avait soigné un bélier, cousin de mouflons de ces montagnes Rocheuses. Chaque rainure sombre de ses cornes correspondait à une année d'âge.

Dan se regarda dans une vitre sale d'un compartiment. Est-ce que chacune des rides de son visage correspondait à une année d'âge? Il promena un peu ses doigts dessus et se demanda à quoi toutes ces années avaient bien pu lui servir.

Il passa la tête pour sentir le déplacement d'air du train en marche. Il sentait que l'air lui redonnait des forces. Il se donnait deux mois au plus pour récupérer sa résistance dont parlaient encore quelques nomades pourtant spécialistes en la matière.

A Nenana-milepost 411,7 le train traversa le fleuve Tanana. A Nenana on peut gagner cent vingt-cinq mille dollars avec un dollar. Il suffit d'acheter un billet de loterie, et inscrire dessus le jour, l'heure et la minute du dégel. Un trépied sur le Tanana gelé est relié à la terre par un fil de fer branché sur une horloge. Dès que la glace craque et se met à suivre le courant, le fil se rompt et l'horloge s'arrête.

Dan avait besoin d'argent mais il détestait le hasard. A ces cent vingt-cinq mille dollars problématiques, il préférait les cinquante mille dollars plus modestes de son projet qui n'était pas une loterie mais un combat.

En sortant de la gare de Fairbanks, Dan fut saisi par le froid glacial de cette nuit d'automne.

Pour ne pas être reconnu, il tournait un peu la tête de côté lorsqu'il croisait des gens. En ville, des maisons en rondins de bois, solidement construites par des pionniers, étaient encore debout parmi des immeubles plus modernes. Le passé frontalier était encore vivant.

Dan pensa qu'il devrait trouver de nouvelles bottes et une pelisse plus épaisse. Son sac n'était pas lourd et il devait d'abord attendre de savoir à quel prix il pourrait revendre sa voiture. En supposant que le garagiste ne l'ait pas déjà bazardée.

Au-dessus de sa tête, des courbes et des rubans lumineux traversaient le ciel sombre comme des rayons de projecteurs géants.

Bob Leeve vivait dans les faubourgs. Certains habitants y bouchaient encore les fissures de leurs cabanes en rondins en faisant bouillir de l'eau en gros nuages de vapeur, qui s'infiltre et gèle dans les interstices, les scellant ainsi pour l'hiver.

La maison de Bob était au bout d'une rue. De là il voyait le terrain d'aviation. S'il avait pu, Bob aurait couché dans son avion. Mais il était marié.

Dan Murphy hésita. La maison avait changé

de couleur et il lui sembla que la véranda était nouvelle. De la lumière filtrait un peu partout ainsi qu'une musique assez musclée. Dan remarqua également qu'un couloir communiquait avec l'ancienne maison de bois, celle de Bob quand il était garçon.

Mme Leeve avait trente-cinq ans et elle les paraissait juste. Elle ne trichait pas. Elle avait toujours détesté la femme de Dan et tout le monde le savait.

Eléonore, sur le pas de la porte, ne marqua aucune surprise. Elle lui tendit franchement la main et jeta, derrière son épaule :

– Hé, les amis, c'est Dan Murphy!

Il s'avança dans la pièce principale. Elle était toujours comme il l'avait aimée car ses lattes de bois peintes en blanc lui rappelaient le Québec de son enfance. Six à huit personnes étaient autour de la table devant le gâteau à peine partagé.

Bob Leeve s'approcha, les bras grands ouverts, et embrassa Dan. Une bonne femme prit un air pincé. De toute manière, Dan ne tendit la main à personne pour ne pas courir le risque de se la voir refuser.

Bob n'avait guère changé si ce n'était un peu de gris au-dessus des oreilles.

– Tu ne connais personne, présenta Bob. Voilà Charles et Grégoire, deux pilotes, avec Géraldine et Eva leurs dames respectives. Les deux galopins sont à l'Université.

L'un était roux, l'autre avait le poil sombre.

– Qu'est-ce qu'on leur apprend? dit Dan en

souriant. Les bienfaits du pétrole sur la faune marine?

On se poussa pour qu'il s'installe entre Bob et sa femme Eléonore.

– Du gâteau vous suffira? demanda-t-elle.

– Absolument, je continue mon régime.

Elle échangea un bref regard avec Bob.

– On a entendu parler de vous par les profs, jeta le rouquin.

– En mal, j'espère, fit Dan.

– Oui, mais nous on trouve que c'est assez chouette ce que vous avez fait dans ce pays, enchaîna l'autre.

Bob se racla la gorge.

– Tu sais que j'ai un nouvel avion, dit-il en se penchant vers Dan.

Eléonore lui remplit son verre.

– Pourra-t-il m'emmener à Nome?...

– Tu parles!... C'est un Pipper 750 au pas de l'hélice inversé. Je me pose presque comme un hélico.

– L'ennui, c'est que je n'ai pas de quoi payer la course.

Les jeunes se regardaient et les femmes des deux pilotes détaillaient Dan. Elles auraient bien voulu écarter le mystère comme un drap de lit.

– Ça vous coûtera 10 % de plus quand vous pourrez payer. Le Pipper a coûté une fortune, ajouta Eléonore.

Dan acquiesça en lui tapant dans le dos. Cette femme, c'était son copain.

– Pour le même prix je peux dormir là?

– A côté, mais c'est mal chauffé.

Les deux jeunes se mirent à rigoler.

– Je pense que vous avez l'habitude, dit le rouquin.

– Et pourquoi est-ce qu'il aurait cette habitude? coupa Bob sèchement.

Une certaine gêne serpenta autour de la table.

– Ben, j'sais pas moi...

Dans son embarras l'anglais du rouquin sentait l'irlandais.

– ... on dit que vous étiez plus dur qu'un loup.

Bob et Dan éclatèrent de rire à leur tour. Ce rire de bonne santé qui les liait vraiment.

– Que tu étais, tu as entendu : ... que tu étais!...

Entre eux ils parlaient souvent français. Bob avait travaillé dans les Alpes comme pilote de glacier.

– C'est déjà pas mal de l'avoir été, conclut Dan.

A un moment de la soirée, Géraldine, la plus âgée, murmura pour elle et à plusieurs reprises : « Dan Murphy... » Elle essayait d'extirper de sa mémoire ce que ce nom pouvait bien traîner derrière lui.

Eléonore dansa avec les deux étudiants. Les pilotes s'emmerdaient progressivement. Bob parlait de son Pipper et Dan tentait de s'imaginer comment les choses allaient bien pouvoir se passer demain, à Nome.

– Tu es sûr que tu veux vraiment y aller? s'inquiéta Bob.

Dan s'était déjà allongé sur le lit étroit de l'ancienne maison froide. Bob, pour se réchauffer, aspirait de petites lampées d'alcool blanc.

– Je dois récupérer mes affaires.

– Je peux y aller à ta place; il paraît que son type est du genre « c'est moi le plus beau , c'est moi le plus fort ».

– J'ai des affaires que je pourrais revendre. Il me faut un peu d'argent pour tenir jusqu'en mars.

Dan se mit à réfléchir intensément. Ça le faisait presque loucher.

– Pour l'argent, il y a de nouveaux débouchés. Ils se sont aperçus que la seule glace qu'on trouverait l'hiver dans un port de l'Alaska sur la côte Pacifique c'est le glaçon qui flottera dans un gin and tonic. Alors il y a du boulot dans le port Stagway. Le minerai d'argent, de plomb et de zinc arrive du Yukon. Le port deviendra immense.

– Je ne veux pas vraiment travailler, dit Dan.

Il plia son bras et y fit reposer sa tête.

– Mais ici tu ne tiendras jamais... et ils t'auront à l'œil.

– En mars, je vais gagner cinquante mille dollars. Ça me donnera de l'air.

Bob reboucha sa fiole.

– Une loterie... railla-t-il.

– Non. Je te laisse deviner.

Dan tira sur lui les couvertures. Il n'avait

enlevé que ses bottes. Bo lui laissa l'alcool à la tête de son lit et disparut.

Dan dormait déjà. Il avait le nez droit. Le seul témoignage de sa vie était cette petite buée qui revenait devant ses lèvres à chacune des expirations régulières.

On disait de lui qu'il pouvait récupérer la fatigue de vingt heures de marche par quinze minutes de sommeil. Malgré sa jambe.

## CHAPITRE II

Le Pipper était bleu avec des bandes blanches. Bob prétendait qu'il traversait les tempêtes comme une aiguille au travers d'une pelote de laine.

Mais, dans cette aube, l'air était calme. Bob volait bas pour que Dan refasse connaissance avec le terrain, les villages perdus, les fermes isolées comme des crèches.

Bob salua un type qui cahotait sur sa Jeep et il largua un colis presque devant la porte de la baraque d'un forestier.

Ils ne virent que d'autres avions et un hélico en arrivant sur l'aérodrome de Nome. Bob se posa. Le bar était ouvert. Ils burent un café. Le type fit semblant de ne pas reconnaître Dan et il prêta sa bagnole à Bob.

Nome s'éveillait doucement. Un balayeur travaillait sur le trottoir en planches de Front Street.

– Vraiment, tu ne veux pas que j'y aille à ta place? répéta Bob.

Dan refusa. Ils gardèrent le silence jusqu'à

l'adresse que Bob connaissait bien. La maison appartenait à Virginia Finsson. Elle avait vécu dix ans avec Dan sans qu'il se décide à l'épouser. C'était la fille d'un exportateur de bulldozers et autres défricheurs.

Le gus qui avait remplacé Dan dans son plumard s'appelait Greg Harway. Il était sous-directeur de la Petroleum Company. Le père de Virginia disait que « c'était du solide » en comparaison de Dan, poète utopiste qui voulait freiner, de ses deux mains stupides, la formidable expansion de l'Alaska.

La maison de Virginia était cossue mais simple de lignes. La pierre était solide sans puer le fric. Il y avait une clôture naturelle d'arbres nains. Au-dessus du perron il n'y avait plus la lanterne en peau de baleine que Dan aimait bien parce qu'elle éclairait mal. Il pensa que c'était mauvais signe pour le reste de ses affaires.

Une femme que Dan ne connaissait pas ouvrit la porte.

– C'est pourquoi ? demanda-t-elle méfiante.

– Je suis un ami, répondit Dan.

Elle disparut et Virginia se pointa en robe de chambre. En face de Dan elle ouvrit la bouche et la referma comme une carpe. Elle n'avait pas grossi. Ses yeux verts se plissèrent légèrement et elle eut un petit regard en arrière.

– Je suis venu tôt pour être certain de trouver quelqu'un, commença Dan.

– Il y a aussi le téléphone, répondit-elle.

Elle n'osait ni le tutoyer, ni le vouvoyer.

– Et aussi la poste. Mais personne n'a répondu à ma lettre. Je suis venu chercher deux objets et des vêtements.

Une porte s'ouvrit et se referma. Greg Harway se profila derrière Virginia. Il vint se planter devant Dan. Il était vêtu d'un chandail sur un pantalon serré aux chevilles qui faisait mieux ressortir des chaussures d'entraînement comme en portent les boxeurs. Il était plus petit que Dan mais plus large d'épaules. Aucune fantaisie ne passait dans son regard.

– Désirez?... siffla-t-il.

– Elle le sait, répondit Dan.

Virginia répéta les choses.

– Quels objets? dit Greg sur le même ton.

Dan désigna une console dans l'entrée et, dans une autre direction, une vitrine. Il s'agissait d'un peigne en ivoire ciselé, un travail esquimau très ancien. Et aussi de la madone d'Okwik serrant un enfant sur sa poitrine.

– Elle date de l'an 2400 avant Jésus-Christ et je ne l'ai donnée à personne, précisa Dan.

Greg consulta Virginia du regard, et elle acquiesça.

– Donne-lui ces foutus objets, ordonna-t-il.

– Vous êtes très aimable, persifla Dan.

– Et je vous donnerai aussi vos sales fringues en fourrure râpée qui sont dans le garage.

Virginia tendit les objets à Dan. Il les prit et les caressa.

– De toute manière nous n'avons pas la même taille, glissa Dan sur le même ton horripilant.

– Et le mieux que vous auriez à faire, ça serait de ne plus vous présenter en face de moi.

– Sinon? s'informa poliment Dan.

Greg ouvrit et ferma ses mains. Virginia s'interposa.

– Après tout le scandale qu'il y a eu, tu devrais t'éloigner, retourner au Québec, ou ailleurs, dit-elle gentiment.

Dan détailla posément Greg.

– On m'avait donné votre nom, mais je n'avais pas fait le rapprochement, monsieur Harway.

– C'est ça, c'est bien ça, vous m'avez battu à la course de Kenai, grogna-t-il. Mais est-ce que dans le satané endroit d'où vous venez on ne vous a pas dit que cette année-là j'avais gagné l'Iditarod!... Vous la connaissez bien. Presque tous vos chiens ont crevé sur cette piste, espèce de crétin! Et ce n'est pas une course pour un infirme.

Dan acquiesça paisiblement. D'avoir été à l'école avec des béquilles, ça vous forge le caractère.

– A propos de chiens, je sais que vous avez gardé Eccluke, ma chienne de tête. Je l'ai entendue japper tout à l'heure.

Greg se dandina sur ses courtes jambes.

– Toute ratatinée... plus de dix ans... j'allais l'abattre.

– Je préfère l'emmener.

Comme il hésitait, Dan posa les sculptures esquimaudes sur un siège pour libérer ses mains. C'était chaque fois pareil. Pour un animal, il se sentait disposé à tout sacrifier. Il pensait qu'un ou deux coups de pied dans le ventre feraient le plus grand bien à Greg Harway, sous-directeur de la Petroleum Company.

– Donne-lui sa chienne asthmatique et ses fringues puantes, déclara Greg à Virginia.

Il tourna les talons et Dan ne prêta aucune attention aux injures qu'il égrenait.

Eccluke était seule dans un compartiment du chenil. Chef de meute, elle ne supportait aucun autre chien. En reconnaissant Dan elle se mit à sauter sans cesse et à japper sur toutes les modulations. Il la serra entre ses bras comme une femme ou comme un enfant. Elle se calma dès qu'elle comprit qu'il était venu la chercher.

Virginia les regardait. Dan lui sourit franchement. Elle demeura le plus immobile possible. En quelques secondes, tout était devenu très difficile pour elle. Que ferait-elle s'il prenait l'envie à Dan de poser la main sur son bras ou sur son épaule?...

Dan ne s'occupait que des chiens. Il dénombra dix-huit huskies dans les boxes mitoyens, par trois ou quatre. Des bêtes de deux à cinq ans, très élancées. Peut-être des croisements avec des lévriers pour augmenter la vitesse.

Il y avait deux traîneaux de bois léger suspendus contre un mur.

– Ce sport lui fait du bien. Ça le coupe des soucis du pétrole, dit-elle.

Dan ne releva pas les « soucis du pétrole ». Il

les aurait bien jetés tous au fond de leurs puits. Il contempla encore les chiens.

– C'est peut-être davantage qu'un sport, fit-il.

Dans un placard du garage contigu, il y avait les bottes et les vêtements que Dan mettait pour aller sur la banquise. Elle les fourra dans un grand sac marin.

Eccluke levait son museau de husky sibérien, son masque asiatique, vers Dan. Elle avait senti l'odeur des vêtements.

– Qu'est-ce que tu vas faire maintenant? demanda Virginia d'une toute petite voix qui lui sembla idiote.

Elle lui parut fragile, malgré ses rentes, son papa et sa maison. Le scandale avait dû la secouer sérieusement. Une certaine tendresse passait dans son regard et Dan eut l'impression d'exister davantage.

– Le musher, répondit-il seulement.

Ils firent quelques pas vers la sortie. Il avait les bras encombrés par le sac, les deux reliques anciennes et la laisse d'Eccluke.

– Ce n'est pas un vrai métier, lui reprocha-t-elle un peu.

C'est là qu'il se demanda si elle était vraiment sortie de sa vie.

– J'ai eu tout le temps d'y penser, répondit-il.

De la voiture, Bob les vit, l'un en face de l'autre devant le portillon du jardin. Il vit Dan donner quelque chose à la jeune femme. C'était le peigne en ivoire ciselé. Elle sentait les siècles sur l'ivoire. Ses doigts tremblèrent un peu.

– Tu l'aimais bien, fit Dan.

Et il se détourna. Elle resta jusqu'à ce que la voiture disparaisse.

Eccluke s'était assise à l'avant entre les jambes de son maître, la tête appuyée sur sa cuisse.

– Et maintenant? s'informa Bob.

– Garage du Nord.

Dan y avait laissé sa Cherokee, un break quatre roues motrices capable de se débrouiller sur la glace, dans la neige et la boue jusqu'aux moyeux.

Le patron le reconnut sans joie.

– Vous vous rendez compte du prix du garage pendant cinq ans?

– Des gens ont vu la voiture faire du dépannage. Ça vous payera la garde.

– Je ne veux pas discuter avec des gens de votre espèce.

Dan l'empoigna et l'appuya contre un établi. Le bloc d'un étau lui creusa les reins.

– Je suis venu pour vendre la voiture. Ne m'obligez à rien de plus.

Il lui avait parlé très près du visage. Il pesa encore contre l'étau et le lâcha.

– Alors, vous voulez... vous voulez la vendre... bafouilla le type.

– Oui. Trois mille cinq cents dollars en liquide. Vous savez bien que vous la vendrez facilement cinq mille.

Le type le savait. Il compta l'argent et, tandis que Dan libellait le reçu, il se massait lentement les reins.

– Alors vous êtes revenu dans le coin, fit-il pour meubler le silence.

– Si vous ne vous réveillez pas après un vilain cauchemar, c'est que je suis réellement revenu, dit Dan en prenant l'argent.

Eccluke l'attendait, déjà inquiète, le museau à la portière.

– Tu peux m'emmener à Kotzebue, j'ai de quoi payer, dit Dan.

Il avait toujours les billets à la main.

– Tu payeras au retour au cas où on se foutrait en l'air.

Kotzebue, au bout de la péninsule de Baldwin, était à deux cent quatre-vingts kilomètres de Nome. En dépit des apports croissants du tourisme, Kotzebue conservait son caractère de frontière arctique.

Dans le Pipper, Eccluke ne bougeait pas, la tête aplatie entre les pattes.

Le Pipper vira un peu sec et Eccluke se leva. Dan examina ses pattes. Cet abruti de Greg l'avait bien soignée. Dan pensa qu'elle était un peu maigre. Surtout pour les très longues distances.

Le Pipper se posa à Kotzebue presque en même temps qu'un Douglas. Dan voulait acheter un ou deux malamutes à un Indien. Un des meilleurs mushers de la région.

Il s'appelait Mayupuk et il élevait des malamutes pour leur traction plus lente mais plus puissante que celle du husky.

Mayupuk baladait aussi des touristes sur son traîneau. Il méprisait les gens du pétrole et tous les chantiers du nouvel Alaska.

Dan et Bob commencèrent à se renseigner

auprès d'un pilote et d'un ou deux mécanos. Ce dernier leur indiqua le Douglas qui roulait vers son hangar.

– Eux, ils circulent pas mal dans le secteur. Ils l'ont sûrement vu par là à travers.

Deux hommes sautèrent de l'avion. Bob et Dan s'avancèrent. Ils les virent en train de tirer hors de la carlingue la dépouille d'un grizzli.

Mieldost, pilote et chasseur, avait dû reconnaître Dan d'assez loin. Le grizzli avait la tête tranchée et attachée sur la poitrine. Ça faisait un double trophée, la couverture sur le lit et la tête accrochée au mur.

Lorsque Mart Mieldost se retourna pour regarder les arrivants il avait une carabine à répétition 30-06 à la main.

– Essaie de t'arrêter, sacré putain de canaille de merde, lança-t-il à Dan.

– Allons, Mart, tu n'es pas un peu cinglé, dit Bob.

– Toi, j' te connais plus, rugit Mart, j' n' connais plus ceux qui marchent avec cet enfant de salaud.

Le compagnon de Mart était vêtu avec une certaine recherche dans la fourrure. Le cuir des bottes sentait le faiseur sur mesure. C'était sans doute un de ces clients que Mart guidait pour la chasse.

– Tu n'es même pas assez gonflé pour tirer, dit Dan.

– Tout le monde est pas comme toi! Mais si tu quittes pas le pays j' te descendrai un jour ou l'autre!... promit Mart le fusil bloqué entre ses énormes mains.

– Ça sera plus difficile que de tuer une ourse avec ses petits dans le ventre... (Il s'adressa au client.) Vous êtes un spécialiste vous aussi?...

– Laisse monsieur tranquille et barre-toi! gueula Mart Mieldost.

Bob prit Dan par le bras et essaya de l'entraîner. Mais Dan résistait inconsciemment. Il fixait les yeux sombres et un peu exorbités de Mart.

– Ouais, regarde-moi bien, siffla Mart. (Il se tourna vers son client.) Avant que ce fils de catin se mêle de nos affaires y avait pas de limites. Et aujourd'hui on a plus droit qu'à six bestioles.

D'un geste sec, imprévisible, Dan détruisit le gouvernail arrière de l'avion.

– Voilà. Vous ne tuerez plus rien avant quelques jours, dit-il.

Il y eut le petit bruit de la 30-06 qui s'armait. Bob se plaça devant Dan.

– Monsieur! rugit Mart, je vous prends à témoin de ce qu'il a fait!

Mart s'adressait à son client qui contemplait la pièce pendante, arrachée.

– Tu l'as insulté, plaida Bob.

Mais, déjà, Dan s'éloignait de son pas tranquille. A quelque distance on percevait un léger balancement imprimé par sa jambe. Bob le rejoignit en courant.

La détonation fit pivoter Bob sur lui-même. Mais Dan ne broncha pas. Bob voyait Mart, la carabine légèrement levée. Il avait dû tirer bien au-dessus d'eux.

– Un de ces chasseurs aura ta peau. Tu n'as plus l'administration derrière toi, dit Bob.

Dan, en silence, se rapprochait du Pipper. Il ne regardait pas Bob qui s'énervait contre ce visage fermé.

– Essaie de comprendre, nom de Dieu!... tu n'es plus le professeur Dan Murphy attaché à l'Institut de Biologie arctique, et même le Boone and Crockett Club t'a radié officiellement. Et pourtant, eux aussi, ils ont lutté contre ces chasses en avion.

Ils arrivaient devant le Pipper.

– Pas vraiment, répondit Dan. Ils font des arrangements, des cotes mal taillées. Ils ne sont pas assez absolus.

– Qui peut l'être? Tu as essayé et tu as vu!...

– Rien vu d'aussi beau qu'un ours blanc, sourit Dan. Il arrive à vivre sur une banquise. On peut lui tirer son chapeau...

Il monta dans l'avion.

– ... Je te dirai même qu'une banquise sans les ours blancs, ce n'est plus une banquise.

– Qu'est-ce que c'est? un sucre d'orge?... un autobus?...

Bob s'installa aux commandes et se mit à espérer.

– Je peux même te ramener au Québec, si tu veux.

– On va déjà tourner une heure dans le coin le long des grèves, on a une chance de trouver Mayupuk.

Bob maugréa et répéta que mêmc si on le

trouvait, le meilleur pour Dan serait de quitter le pays.

Sur la côte arctique, l'été passe vite et les vents de Sibérie, très tôt en automne, apportent des rafales de neige et de glace.

Et le Pipper se remit à survoler cet automne. Tout était pris en glace, sauf la mer. Elle se soulevait paresseusement sous un ciel livide et, sur terre, la neige était d'un gris sombre dans une lumière livide.

Dan fit signe à Bob de survoler l'intérieur des terres. Les ruisseaux qui, en été, attirent encore des prospecteurs d'or obstinés, étaient gelés et désertés. Des dragues abandonnées formaient des taches de rouille sur la neige.

L'avion volait à dix mètres de hauteur. Comme il s'élevait au-dessus d'une des dragues, un traîneau à chiens apparut.

C'était un attelage d'au moins dix-huit à vingt chiens. C'était un traîneau de charge assez long. Quatre personnes étaient assises en file indienne. Un homme, debout derrière, dirigeait les chiens.

Dan demanda à Bob de tourner autour. Et il reconnut Mayupuk. Il baladait des touristes sans prêter la moindre attention à l'avion.

Bob rentra ses roues pour se poser sur ses patins. Le Pipper glissa pendant une centaine de mètres. La neige était dure.

Dan sauta le premier. Le traîneau venait vers eux dans une légère diagonale. Un conducteur seul ne peut stopper un traîneau que les chiens veulent continuer à tirer. Dan saisit le chien de tête par le harnais. Les passagers avaient les jambes emmitouflées sous des couvertures. Toute une famille. Le père, la mère et deux enfants de douze à quatorze ans.

Surpris, le père se retourna vers le conducteur. Mayupuk ne bougeait pas. Il avait reconnu Dan mais il ne répondit à son salut qu'au dernier moment.

C'était un Indien Athapaskan originaire du village de Minto, sur les rives du Tanana, à l'ouest de Fairbanks.

– C'est bien de te revoir, dit-il à Dan dans son dialecte.

Dan remercia et lui demanda s'il pouvait lui céder deux malamutes de trois à cinq ans pour mettre en queue d'attelage.

– A un mile de la sortie nord de Kotzebue tu verras ma maison avec des traîneaux et d'autres chiens. Viens ce soir.

Il émit un son rauque et, dans un ensemble parfait, les chiens se lancèrent en avant. Les quatre touristes tordaient la tête pour regarder ce Blanc descendu du ciel qui parlait l'indien.

Mayupuk vivait dans une ancienne remise qu'il avait bricolée. Pas de femme à demeure. Il baisait une touriste, par-ci par-là, en mal de folklore.

En plus de son attelage, il avait dix huskies et un couple reproducteur de malamutes. Il ne lui restait que trois chiots de la dernière portée. Il avait vendu les autres.

Il vivait à l'ancienne, dans une unique grande

pièce avec une cheminée. Dans un coin, deux lits de camp superposés.

Pour vivre et nourrir ses chiens, il promenait des touristes et il chassait les animaux à fourrure. Mais il tuait pour vivre. Il ne tuait pas pour accrocher ses trophées au mur, ni pour se faire photographier à côté de la dépouille d'un ours suspendue à une branche d'arbre pour en admirer la taille.

Son amitié avec Dan datait de tout ce que Dan avait entrepris pour obtenir la cessation du massacre systématique des ours blancs. Et puis Dan connaissait Minto, son village natal.

Au cours de la soirée, Mayupuk expliqua que le chef, Peter John, était mort l'an passé à l'âge de quatre-vingt-dix ans.

Le village était condamné. Il ne restait que deux cents âmes. Les fréquentes inondations du Tanana détruisaient les maisons et les potàgers.

– Je leur avais dit de s'installer plus loin du fleuve, dit Dan.

Devant Bob ils parlaient anglais.

– Ils pensent toujours que ça ira mieux l'année suivante, dit Mayupuk.

– Les moins têtus se sont reconvertis dans le pétrole et la construction, dit Bob.

– On peut vivre autrement. La preuve!... lança Dan en se levant.

Il sentait que la salade de baleine lui resterait sur l'estomac. Bob, plus prudent, avait mangé du bout des lèvres.

Et une Land-Rover freina brutalement devant

la maison. L'Indien souleva un mauvais rideau pour regarder dehors et dit seulement « Police ».

Bob laissa échapper un « merde » catastrophé et Dan recula vers la cheminée.

Chez un grossium on frappe et on s'incline même avant d'entrer. Chez un Indien, on ouvre la porte d'un coup de pied et on envahit la pièce.

Ils étaient quatre. Trois uniformes et un civil. Un petit sec et étroit qui disparaissait entre les autres comme une mince tranche de mortadelle entre des quartiers de pain de campagne.

– Inspecteur principal service des étrangers, se présenta-t-il. Il ajouta... Dan Murphy?

– Votre lieutenant me connaît bien, dit Dan en désignant le gradé.

– Pas moi. Alors c'est vous?

Dan acquiesça.

– Permis de séjour?

Le petit tendit la main. Dan s'assit posément, un coude sur la table.

– J'habite l'Alaska depuis quinze ans.

– Dernier lieu de résidence?

– Anchorage.

– L'adresse?

Dan se leva et fit quelques pas. Il s'arrêta devant le lieutenant.

– Tout le monde la connaît. Pourquoi ces questions?

L'officier contempla ses bottes. Bob Leeve repoussa violemment un tabouret du pied. Il heurta le mur. Tous, sauf l'Indien, regardaient de ce côté-là.

– Je me porte garant de Dan Murphy, éclata Bob. Il habite chez moi, il travaillera avec moi. Il ne vous doit rien, ni à personne, et si vous venez vous pavanez ici pour Mart Mieldost, je ne vous fais pas mes compliments!

– Alors vous vous portez garant? ricana l'inspecteur.

– Oui. Et le lieutenant sait très bien que j'ai de bonnes raisons pour ça. J'ai assisté à l'accident.

Le civil laissa filtrer un long sifflement de minus.

– En qualité de quoi?

– C'est dans le dossier. Apprenez-le par cœur et foutez-nous la paix.

Le petit sortit un calepin de sa poche et nota quelques lignes.

– Ne t'énerve pas, Bob, fit enfin le lieutenant.

– Et un meurtre, vous appelez ça un accident? insinua l'inspecteur.

Dan émergea de son indifférence.

– Quelqu'un vous a fait une blague, inspecteur. Cette affaire a été jugée et classée.

– Sans doute, mais je m'en fous. (Il pointa un doigt fébrile sur Dan.) Vous avez tué un honorable citoyen...

Mayupuk l'interrompit en crachant sur le sol. Le flic répéta en égrenant les syllabes.

– Un HO... NO... RA... BLE... CI... TOY... EN... à

quelques miles de cette ville et vous n'y séjournerez pas! compris?...

Bob et Dan se mirent à rire doucement et Mayupuk s'oublia jusqu'à les imiter. Chez lui ça faisait un bruit humide de dentier mal fixé.

– Vous êtes formidable, inspecteur. Vous avez deviné mes intentions, affirma Dan.

– Ouais! seulement on vous lâche à Anchorage et vous rappliquez ici.

– Pour voir un ami, dit Mayupuk.

Le petit flic entreprit quelques tours sur lui-même et se balança un peu sur ses jambes maigres.

– Vous voulez savoir ce que je pense vraiment? lança-t-il à Dan.

– La vérité vraie, sourit Dan.

– Vraie de vraie!... je pense que ça serait un service à vous rendre de vous expulser de tout l'Alaska.

Il promena son regard sur Bob, l'Indien, Dan et les trois policiers en uniforme.

– Qui est-ce qui peut prétendre le contraire?

Le silence. Bob portait l'approbation au fond de ses yeux. Le petit désigna la porte à ses hommes. Il la franchit le dernier en jetant derrière lui « ça sera tout pour aujourd'hui ».

Malgré la pauvreté du local, la porte claqua hermétiquement. Avec des froids de –40° on ne plaisantait pas sur les interstices.

L'Indien étala une peau devant le feu et s'y allongea, laissant les châlits aux invités. Le Pipper ne pouvait décoller de nuit sur un terrain non éclairé.

– Je crois que ce flic a raison, reconnut Bob.

– C'est bien possible, fit Dan.

D'un coup sec, il se hissa sur le châlit supérieur et s'étira avec délices. En dessous, Bob ne se décidait qu'à s'asseoir, les coudes sur les genoux, la tête sur les mains.

Dan pencha son visage au-dessus pour le regarder.

Bob ne le vit pas.

– Hé, l'Indien, dit Dan au bout d'un moment, si tu nous chantais un air pour bercer Bob.

Aucune mélopée ne s'éleva. Le feu arracha un chuintement à du bois encore humide. Dan pensa que sa chienne devait s'ennuyer dans le Pipper. Et il fut le premier à s'endormir.

## CHAPITRE III

Dans le Pipper, Dan passa une sangle autour du museau de sa chienne Eccluke pour lui éviter la tentation d'égorger les deux malamutes vendus par l'Indien.

Un prix dérisoire. Un geste qui pousse à se rencontrer à nouveau. Un signe, une balise dans le brouillard.

Le Pipper sautait dans le vent. Les rafales lui relevaient le nez ou le faisaient plonger, la queue en l'air, comme un cheval difficile.

Les trois chiens gémissaient. Bob maintenait le cap sur Fairbanks en suivant Yukon River. Le blizzard achevait de maîtriser les eaux. Il soufflait aussi de la neige sur la glace. Le vent venait de Fort Yukon vers l'océan Arctique. Lorsque le Pipper quitta Yukon River pour suivre Tanana River, le vent diminua. Le fleuve serpentait davantage.

Bob croyait que Dan rentrait avec lui à Fairbanks, mais, à l'approche du delta que formait le fleuve, Dan lui indiqua les maisons de bois de Minto. Certaines toitures étaient rapiécées d'une matière ocre. Les barques plates et les canoës étaient tirés sur la berge.

Les maisons étaient dispersées entre une forêt pas complètement blanchie et le fleuve. Il y avait de quoi se poser.

Le Pipper cahota sur le sol douteux, mais ça le secouait encore moins que le vent au départ de Kotzebue.

Ce n'était pas la première fois que Bob se posait en ce lieu de civilisation expirante pour y livrer des marchandises de première nécessité.

Les gosses accoururent les premiers. Ils avaient des grands yeux dans leur visage rond à la peau tendue comme celle d'un umiak[1].

Dan tenait les trois chiens d'une main ferme et il tira un de ses sacs hors de l'avion, Bob déposa l'autre à côté. Il y avait aussi une carabine 30-30 à répétition.

Des hommes restaient à quelque distance. Les gosses caressèrent les malamutes. Dans leur volume ils avaient ce côté gros ours en peluche pour gosses de riches.

– Un type de ta valeur, habiter dans ce coin perdu, grogna Bob.

– Ma valeur?... quelle valeur?... dit Dan.

Un Indien vêtu d'une parka qu'un aviateur américain avait dû lui donner reconnut Dan et le salua.

– Toutes tes études... tu as même écrit des bouquins!... et tu vas croupir ici.

1. Grande embarcation que les Esquimaux fabriquent en peau tendue sur des armatures.

– Je vais profiter que ça existe encore, fit Dan.

Il confia la laisse des malamutes aux enfants et entreprit de libérer de sa sangle le museau de sa chienne. D'un des sacs il sortit la sculpture ancienne et la donna à Bob.

– Tu peux la vendre à un des pontes de l'Université ou à un grossium du pétrole. Mais je préfère l'Université ou un musée. Avec l'argent, tu m'achèteras des chiens.

Bob tournait la statuette dans sa main.

– Des chiens?

– Oui, je te dirai où, et d'autres bricoles.

Bob s'informa du prix éventuel de cette madone d'Okwik.

– A vingt mille dollars, c'est donné. Je l'ai trouvée près des travaux d'un pipe-line. Elle a quarante siècles derrière elle.

Bob l'aida jusqu'aux maisons. Il y avait maintenant une cinquantaine d'Indiens dehors. Un beau type, des touffes de cheveux blancs échappées de son casque de fourrure, se présenta comme étant le chef. Il s'appelait Kougar. Il dit à Dan que Per John était mort, mais Dan le savait.

Il rappela à Dan qu'ils avaient pêché ensemble sur le fleuve un été, reculé d'une dizaine d'années.

Dan indiqua la maison qu'il habitait alors et les Indiens se mirent à rigoler. Oui, c'était bien cette maison-là. Il y faisait des drôles de trucs avec un tas d'appareils et la maison était toujours restée vide, comme marquée par le sort.

La peinture blanche, dont Dan s'était amusé à peindre l'entourage de la porte et des petites fenêtres, avait résisté aux intempéries.

Une grande tache sombre au centre de la pièce témoignait des faiblesses de la toiture. Il y avait un poêle et une paillasse d'herbe sèche enserrée dans un cadre en bois.

Bob contemplait le décor avec des hochements de tête désespérés. Un Indien alluma du feu, et une fumée épaisse, blanchâtre, se glissa à l'extérieur du poêle par des endroits secrets.

– Un trou à rat, exprima Bob.

Dan attacha sa chienne à un madrier qui soutenait le toit et laissa les deux malamutes, plus sociables, circuler entre les jambes. Il déballa quelques affaires sur la table.

– Dans le passé j'ai cherché à comprendre comment les nageoires des phoques, le nez des caribous, la queue des castors, les pattes des loups et celles des oiseaux se comportaient à des températures beaucoup trop basses pour assurer la fonction nerveuse chez les animaux à sang chaud, exposa Dan...

Il fixait Bob avec une certaine intensité.

– ... Les mammifères arctiques ne restent des animaux à sang chaud qu'à l'intérieur de leur corps. La chair froide des extrémités nues sert d'isolateur et empêche les centres vitaux de se refroidir trop rapidement.

Il s'interrompit soudain. Et reprit.

– ... Bob, crois-tu vraiment qu'il est capital de savoir pourquoi les nerfs continuent de fonctionner aux extrémités froides?

Bob toussota, les larmes aux yeux, sous l'agression de la fumée. Dan ouvrit toutes les fenêtres.

– Tu le sais mieux que moi, répondit-il.

– Avant l'accident je croyais déjà qu'on perdait notre temps et l'argent de l'Etat. Alors, dans mon petit coin j'ai pensé que la seule vérité serait de s'opposer à la disparition d'une espèce, quelle qu'elle soit. J'ai pensé que le massacre des ours blancs causait un préjudice à ce tout indissociable qu'est la vie.

Dan, la carabine à la main, cherchait un endroit pour la suspendre.

– On a exterminé les dinosaures, les diplodocus, et la société est toujours là.

– Tout deviendra impossible aussi pour elle, affirma Dan.

– Et toi, tu vas changer ça!... gueula Bob.

Dan posa la carabine dans un angle, sur sa crosse. Il souriait.

– Moi?... non, moi j'ai fini. Je vais me balader. Tu iras à Huslia sur Koyukuk River. C'est le village des meilleurs mushers. Ils ont des huskies. Tu demanderas les moins rapides et tu en achèteras six pour commencer.

– Ma parole, tu veux faire de l'élevage?

– Surtout ne dis pas que c'est pour moi. Tu demanderas un conseil à Winkler Bifelt. Il est sur place et il est honnête.

Dan sortit de la baraque. Le poêle ne fumait plus. Ils marchaient vers l'avion, escortés par les gosses. Les malamutes s'étaient couchés devant la maison.

– Six et trois que tu as, ça t'en fera neuf, calcula Bob.

Dans le silence, une idée se fit jour en lui.

– ... et tu veux gagner cinquante mille dollars...

Il s'arrêta et obligea Dan à l'imiter.

– ... tu n'aurais pas l'intention de t'aligner dans l'Iditarod par hasard?

– Oui, une petite fantaisie.

– Tu as déjà failli crever là-dedans, rappela Bob.

– Il me faut une revanche...

Dan se remit en marche.

– ... je ne veux pas trop laisser d'échecs derrière moi.

Il tapa de la main sur sa jambe la plus faible.

– ... c'est à cause d'elle. Elle est très exigeante, tu sais. Depuis le début elle n'a jamais accepté d'être différente.

Avant de grimper dans l'avion, Bob lui serra vigoureusement la main.

– Ce n'est pas la peine de discuter avec toi, dit-il.

– Non, ce n'est pas la peine, enchaîna Dan.

Ils en riaient presque. Le moteur hésita et l'hélice entama sa ronde étourdissante. Elle était là, pourtant on ne la voyait plus. Aucun objet ne pouvait se payer ce luxe.

Bob ne lançait pas le Pipper. Il lui fallait attendre un « trou dans le vent ». Ne pas le faire replaquer au sol par un rabattant au début du décollage. Ça peut vous briser l'appareil et la vie. Dan se souvenait du jour où le rabattant n'avait brisé que l'appareil et une seule vie sur les trois. Celle du frère de Mayupuk qui s'était tranché la main dans une machine-outil et qu'on transportait vers un grand hôpital.

Le dégoût du musher indien pour la machine s'en était fortifiée d'autant.

Le Pipper s'arracha, se cabra un peu et prit l'air. Soulagé, Dan retourna vers le village.

Il circula entre les maisons et s'arrêta devant l'enclos qui servait de chenil. Les Athaposkaus laissaient se battre et vivre les chiens à leur aise. La sélection naturelle conservait les meilleurs.

Il y avait là une trentaine de chiens de piteuse apparence, avec leurs oreilles pendantes ou déchirées, leur poil collé par plaques. Le village ne comptait plus qu'une dizaine de chasseurs expérimentés qui ne dépassaient plus la distance de cent miles pour traquer les animaux à fourrure.

Kougar expliqua à Dan qu'ils n'étaient plus contents de leurs chiens à cause d'un croisement de coyote. Alors, certains chiens ne couraient plus. Ils trottaient comme des coyotes.

Dan pensa qu'il avait vraiment beaucoup de chance d'être venu là pour former un attelage. Mais il se contenta de demander si on pouvait lui vendre un traîneau et des harnais.

On lui présenta un basket sledge de deux mètres de long et de cinquante centimètres de large avec une jolie courbe dans les longerons.

Mais quelques haubans qui s'étayaient perpendiculairement sur les patins étaient cassés.

Quand les chiens s'ennuient à l'arrêt, ils rongent les harnais et les cordes de traction. Pour éviter cette destruction, il faut tremper les harnais dans du pétrole ou dans du carbonyle.

Les harnais que l'on donna à Dan n'avaient pas bénéficié de cette précaution.

Dan se mit au travail dans la maison plus longue qui servait à la fois de hangar et d'atelier. On y réparait les barques, les canoës. Il y avait même une vieille Ford perchée sur ses roues. Elle s'était oubliée jusqu'à perdre toute son huile sous elle.

Dan s'attaqua d'abord au traîneau. Le travail manuel lui fit davantage que du bien. Il se reconstruisait en même temps que le traîneau. Il changeait de peau en même temps qu'il changeait la peau rongée des harnais contre une peau neuve.

Les deux premières semaines passèrent comme un seul jour. Le froid avait muré le fleuve. Presque toutes les familles avaient invité Dan pour partager un repas. Aucune parole, aucun regard n'avait pu laisser supposer à Dan qu'ils connaissaient l'« accident ». Et, par suite, qu'ils savaient d'où il revenait.

Cette minorité qui s'accrochait à ce village perdu avait un sens de la dignité et un respect du prochain, de sa liberté physique et morale, dont les grandes cités étaient totalement dépourvues. Lorsque les vieux meurent dans la maison où ils sont nés avec leurs petits-enfants sur leurs genoux, il y a quelque chose de plus dans le cœur des gens. Ce ne sont ni les hospices de vieillards, ni la Sécurité sociale qui remplaceront ce cœur-là.

Loin de l'hostilité des rancunes imbéciles, loin des apparences bourgeoises, loin du sens déformé du bien et du mal, Dan sentait revenir ses forces.

La couche de neige était encore mince mais suffisante pour faire glisser le traîneau. Dan attela ses trois chiens en triangle. Les deux malamutes parallèles et Eccluke plus loin devant. Son but était de former un attelage qui trotterait seulement. Ni marche, ni course. Seulement le trot.

L'Iditarod se courait en mars, d'ici quatre mois, sur 1 169 miles, soit 1 700 kilomètres. Il était interdit de changer les chiens. On pouvait abandonner les chiens malades ou épuisés à certains postes organisés. Mais on ne pouvait atteler des chiens nouveaux.

Dan avait soigneusement établi des moyennes qui prouvaient qu'un attelage ferait un meilleur temps général en trottant régulièrement. Il se priverait des pointes de vitesse de la course, mais ne sombrerait pas dans l'extrême ralentissement de la marche.

Dan pensait s'aligner au départ avec une vingtaine de chiens. Il les dresserait d'abord par groupe de trois ou quatre.

Eccluke, chienne husky de vitesse, ne pensait qu'à courir. Jusqu'à un épuisement qui viendrait bien avant la fin d'une course échelonnée sur vingt étapes. Elle avait le courage de courir jusqu'à l'arrêt du cœur. Elle n'aurait même pas senti venir la mort, tellement elle avait de courage.

Au début de l'entraînement, les deux malamutes, qui préféraient trotter, se laissèrent entraîner par la frénésie galopante d'Eccluke. Ils raisonnaient aussi comme deux mâles à l'orgueil imbécile, ne voulant pas se faire ridiculiser par une femelle.

Dan attacha des vieux pneus par une corde et les laissa traîner derrière elle sur la neige. Ce frein calma un peu Eccluke.

Dès qu'elle se remettait à courir, Dan faisait claquer son fouet devant elle, sur la neige. Elle trottait, mais à la moindre occasion, reprenait sa course.

Dan essaya deux chiens du village, les bâtards croisés avec des coyotes. Pour déterminer si un chien est en bonne forme il faut mettre une main sur sa croupe en avant de la queue, les doigts pointant vers la tête, la paume de la main reposant sur le dessus des os du bassin. Puis, on les empoigne entre le pouce et les doigts. S'il est ferme et rond et qu'on peut encore sentir les os du bassin, il est probablement en bon état. Si on ne peut pas sentir les os, il est trop gras. Si les os et l'épine dorsale sont proéminents et si les flancs sont aplatis, il est trop maigre.

Sous ses doigts, Dan sentit la proéminence de l'épine dorsale. Il décida de les nourrir lui-même pendant quelques jours avant de les atteler. Il avait du pemmican[1].

Dan se nourrissait de riz mêlé de poisson et aussi de viande fraîche de caribou tué par les chasseurs du village.

Il en était là lorsque, par un après-midi immobile, froid sec et ciel bleu à dominance grise, Bob Leeve posa son Pipper.

Dan, qui avait renforcé ses bottes avec de la peau de loup et rapporté sur son épaisse canadienne un large capuchon de peau d'ours un peu râpé, semblait appartenir à la population du village.

Il s'approcha, toujours entouré d'enfants. Bob l'embrassa. Il lui apportait quatre huskies choisis parmi les traînards. Ils avaient une bonne tête de renard et la queue en trompette. Leur fourrure était épaisse et douce, avec des variantes grises et de couleur loup. Les épaules étaient puissantes.

Comme Dan les inspectait en silence et minutieusement, soulevant les pattes, fixant l'œil bleu, presque blanc, froid comme le soleil polaire, Bob trouva le temps long.

– Tu ne me demandes pas des nouvelles du monde civilisé?

– Je préfère les chiens, répondit Dan.

Il avait amélioré l'intérieur de sa maison. Il y faisait chaud. Le toit ne fuyait plus, le poêle ne fumait plus. Les affaires étaient rangées.

Bob trouva même la cuisine acceptable. Il

1. Concentré de viande et de divers produits nutritifs sous forme de brique de faible volume.

avait vendu la sculpture ancienne vingt mille et quelques dollars. Il déposa le reste de l'argent sur la table avec la feuille de comptes, achat des chiens, linge, livres, munitions et tout ce que la femme de Bob avait cru nécessaire d'acheter au nouvel ermite de l'Alaska.

Dan déposa l'argent sur une étagère et jeta la feuille et ses chiffres dans le poêle.

– Il y a un truc que je voudrais te dire, commença Bob d'un air embarrassé.

Il s'arrêta. Dan l'encouragea à poursuivre en lui versant une rasade de vin français, cadeau d'Eléonore Leeve, Bob contempla la couleur chaude du vin.

– Justement, c'est elle qui a pensé à un poste émetteur-récepteur. Tu pourrais communiquer avec nous. Elle dit qu'il peut arriver un accident ou une maladie et que l'on ne le saurait même pas. Elle dit que ça serait trop bête.

– Pour un homme de ma valeur, ironisa Dan.

– J'ai l'appareil dans l'avion.

Quand Dan réfléchissait vraiment, il ne remuait plus un cil. Il se pétrifiait comme la lave dans laquelle sculptent les Esquimaux.

Finalement il acquiesça d'un mouvement imperceptible. Il ne le faisait pas pour être relié à la société mais pour ne pas décevoir Bob et Eléonore dans leur amitié sans défaillance.

– Il faudra que tu mettes l'antenne sur le toit, expliqua Bob en déposant le poste sur la table.

– Ça va abîmer le paysage.

– Pas plus que les saloperies de tôles ondulées

et pas plus que la diarrhée noire de vos clébards.

– Je crois comprendre que tu n'aimes pas cet endroit, dit Dan en souriant.

La digue était ouverte et Bob vitupéra les utopistes, ceux qui croyaient qu'on allait revenir en arrière, battre le silex pour allumer du feu.

La voix d'Eléonore dans le casque d'écoute le stoppa net.

– Oui, oui, ne t'en fais pas, le grand chéri va très bien, trop bien même, répondit Bob.

Il écouta et se retourna vers Dan.

– ... elle demande à quoi tu penses?

– Tu le sais mieux que moi.

– Il pense à ses chiens, uniquement à ses chiens. La nuit il rêve qu'on lui passe un harnais et qu'il tire le traîneau avec ses chiens. Et il rêve de gagner pour avoir sa photo dans le journal.

Bob s'arrêta pour écouter la réponse.

– ... je dois lui dire ça aussi? fit-il à sa femme.

Il écouta encore et retira le casque.

– Elle dit que tu as déjà eu ta photo dans le journal et que ce n'est donc pas la peine de te transformer en chien pour ça, conclut-il.

Dan prit le reste des vingt mille dollars et fourra les billets dans la poche de Bob.

– Dans un mois tu reviens avec quatre malamutes et deux huskies. Comment va Winkler Bifelt?

– Il travaillait en secret sur un nouveau modèle de traîneau et le type qui m'a vendu les chiens préparait une mixture qu'il a planquée dès qu'il m'a vu. Dans leur bled, c'est pire que l'espionnage industriel entre le Japon et les Etats-Unis.

– Ils préparent la course.

Ils revenaient vers l'avion.

– Winkler savait que tu étais passé à Kotzebue. Il m'a demandé où tu étais.

– Il le saura toujours assez tôt.

– J'ai répondu que tu étais rentré au Québec car tu n'avais plus rien de bon à espérer en Alaska.

Dan fit le sourd et passa la tête dans l'avion. Il récupéra un sandow accroché près d'une fenêtre.

– Tu vas te fabriquer un lance-pierres? plaisanta Bob en grimpant dans le Pipper.

– C'est pour un gosse.

Mais ce n'était pas exactement pour jouer. Irik avait douze ans et il avait le bras droit atrophié. L'articulation de l'épaule était bloquée à 50 % et le gosse avait pris progressivement l'habitude de ne plus se servir de son bras.

Dan fabriqua une poignée en bois qu'il fixa à une extrémité du sandow. L'autre extrémité était fixée au mur. Dan apprit à Irik différents mouvements de traction pour faire travailler son bras.

Le gosse venait le matin de bonne heure et en fin d'après-midi. Dan lui disait qu'avec de la patience il arriverait à être comme tout le monde. Et Dan se revoyait après son attaque de polio en train de rééduquer sa jambe.

Dans le village, Irik avait au moins eu la

chance que les autres enfants ne se foutent pas de lui. Avec ses béquilles, Dan s'était trouvé enseveli sous les quolibets et les blagues physiques du plus mauvais goût qui sont les fleurons de la mentalité dans les grands centres.

Au début, Irik n'allongeait le sandow que de trois ou quatre centimètres. Dan avait fait des marques sur le sol pour ses pieds. Pour récompenser les efforts du gosse, il l'emmenait sur le traîneau pendant l'entraînement des chiens.

Le matin Dan sortait les quatre huskies. Leur train de course n'était pas agressif et, en quelques heures, Dan réussit à les faire trotter un quart du temps. Sur les quatre, trois avaient l'habitude de tirer à gauche. Ils emmêlaient les cordes de traction en passant de l'autre côté de l'attache centrale.

Irik l'aidait de son mieux à démêler les chiens et Dan l'engueulait quand il ne se servait pas de son bras malade.

La technique des pneus traînés et du fouet, jointe à l'expérience de Dan, contraignit en moins de deux semaines les quatre huskies à oublier qu'ils savaient courir ou marcher. La queue en trompette, ils trottaient inlassablement, tirant des charges que Dan alourdissait sans cesse.

Ce laps de temps permit à quatre autres chiens choisis dans le village de s'enrober les os. Si le fameux croisement coyote facilita le dressage au trot, il compliqua l'entente.

Les huskies avaient dû guetter l'occasion. Les croisés coyote étaient attelés devant. Mais, le jour où Dan fit travailler les virages courts, les huskies se jetèrent sur les bâtards qui revenaient sur eux-mêmes.

En une seconde, il n'y eut plus qu'une montagne de poils, d'éblouissements de crocs, de bave, de sang, de grondements et de plaintes.

A coups de manche de fouet, de tranche de raquette à neige, Dan et Irik tapaient sur cette masse mouvante. De sa main libre, Dan tirait violemment par la queue le chien le plus proche pour l'écarter du combat.

Mais, dès qu'il le lâchait pour en écarter un autre, le premier se rejetait dans la mêlée.

Il sortit un large couteau de chasse et trancha la corde centrale. Toujours aidé par Irik, il tira la partie sur laquelle étaient reliés les quatre huskies. L'un d'eux tenait dans sa gueule, l'entraînant avec lui, un bâtard coyotte.

Dan fut obligé de marteler le museau du husky à coups de poing pour qu'il se décide à lâcher prise.

Ils attachèrent les huskies à un arbre. Calmés, ils léchaient leurs plaies. Le croisé coyote, pantelant, gisait sur la neige. Du sang s'échappait en pulsations régulières de sa gorge ouverte.

Son regard d'asiatique se ferma davantage, ne laissant passer qu'un mince filet blanc. Il savait qu'il était au bout de la piste. Cette terre glacée, inhumaine, ne lui avait d'ailleurs dispensé que peu de joie.

Sous l'œil attentif d'Irik, Dan prit sa carabine et, d'un mouvement arrière de la détente, glissa une balle dans le canon. La détonation abrégea l'agonie du chien. Les ondes de l'écho rappelèrent à Dan un mauvais souvenir.

Ils laissèrent le chien à la lisière de la forêt. Sa chair et ses os aideraient sans doute un animal à prolonger sa vie de quelques jours. Un loup qui, de hasards en coups de chance, vaincrait l'hiver.

Toujours attachés au traîneau, les trois croisés coyote survivants léchaient également leurs plaies. Dan détacha le plus mal en point. Ses oreilles, aux trois quarts arrachées, pendaient le long de sa tête. Dan installa le chien sur le traîneau.

Il faut peut-être changer... atteler les huskies devant, proposa Irik.

Oui. Peut-être... Le froid n'incitait ni à la flânerie ni à la méditation.

Ils allèrent chercher les huskies, les démêlèrent, et Dan renoua la longe centrale qu'il avait tranchée au poignard.

Le fouet claqua au-dessus de l'échine des sept chiens attelés.

– Yake, go ahead, lança Dan.

Ils partirent. Les chiens parlaient anglais. En criant « gee », ils viraient à droite; « haw », les lançait à gauche et en traînant sur « whoa », ils s'arrêtaient. Ce qui était le moins sûr pour un attelage en compétition. Et, avec un autre traîneau en point de mire, c'était de moins en moins sûr.

Ils revenaient vers le village avec leur pleine ration de coups de crocs.

A la maison, Dan passa une muselière de fortune au chien blessé et l'entrava pour lui recoudre les oreilles. Il pensa qu'un jour il lui faudrait joindre Eccluke à l'attelage et même prévoir un second chien de tête. Pour un trajet au finish comme celui de l'Iditarod, ce ne serait pas un luxe. Il y pensait en sachant par avance qu'Eccluke ne le supporterait pas.

Ce soir-là, il eut envie d'abandonner l'aventure. Il se disait que sa jambe lui en demandait un peu trop et qu'elle devait se débrouiller avec ses échecs.

Un peu plus tard, Bob et Eléonore l'appelèrent et il eut un coup d'œil reconnaissant pour l'engin qui le reliait à eux.

Il eut la surprise de s'entendre dire que le dressage de l'attelage lui donnait entière satisfaction. Voulait-il venir passer deux jours à Fairbanks pour le mariage de la sœur d'Eléonore? Non, merci de tout cœur, mais il ne voulait pas « se couper » de la vie du village.

Etait-il donc moins sûr de lui? Etait-il obligé de s'astreindre à une discipline pour rester dans ce village? Dan leur souhaita un mariage formidable et coupa le contact.

Il s'allongea pour réfléchir. Né dans une ville, environné de gens, il avait commencé à gagner sa vie en enseignant. En parlant toute la journée à des étudiants, filles et garçons. En écoutant parfois, en dehors des cours, leurs problèmes, les faux et les vrais.

Et puis les avions, les hôtels, les conférences, le monde. N'y avait-il pas là-dedans un lien secret qui ne se tranche ni au poignard, ni par le feu, ni par une balle de 30-30?

## CHAPITRE IV

Près du fleuve, le gel avait réduit au silence le moindre ruissellement d'eau. Dans la forêt, les murmures les plus infimes étaient maîtrisés.

Cette paix, grandiose et meurtrière, ne se déchirait pas sur le passage du traîneau de Dan. Car le crissement des patins sur la neige dure et le halètement soyeux des chiens étaient l'héritage ancestral de ce pays.

Dan appuyait toujours sa jambe faible sur l'arrière du traîneau et, de l'autre, il imprimait, dans les montées, une poussée de patinette pour soulager les chiens.

D'autres mushers couraient derrière leur traîneau. Dan ne pouvait courir. Mais sa poussée d'une jambe avait la régularité du métronome et l'endurance du loup solitaire.

Pour incorporer Eccluke à l'attelage, Dan la sortait deux heures par jour avec un seul des autres chiens, à tour de rôle. Ainsi, chacun la reconnaissait comme chien de tête.

Les oreilles déchirées du croisé coyotte s'étaient déjà cicatrisées. L'impatience du climat ne tolérait que les guérisons rapides. C'était la marque de Dieu.

La famille du petit Irik déposait sans cesse des cadeaux devant la porte de Dan et, pour lui, elle se serait lancée toute nue sur la banquise.

Irik avait deux frères de seize et vingt ans et des parents encore solides. La mère plus usée que le père, ce qui était le lot des existences physiquement difficiles. Alors que dans les régions de grande consommation il n'y a que des veuves.

Dan avait des mocassins brodés pour la maison et des gants fins en peau de requin pour mettre à l'intérieur des moufles, ce qui évite d'avoir les doigts à l'air au service d'une manipulation trop fine pour les moufles.

On avait vu, dans un fort blizzard, les extrémités des doigts se geler en quelques secondes.

Certains hommes se cassent la tête pour faire fonctionner un Etat, des usines ou des banques. Leur parcours est hérissé de grandes décisions à prendre. Et ils prennent chacune de ces décisions en tremblant, car elles recèlent toutes une partie minée.

La décision que Dan prit ce matin-là fut simplement d'atteler ensemble les quatre huskies, les deux malamutes, les quatre bâtards et Eccluke.

C'était moins abstrait que les caprices de la Bourse et plus constructif qu'un chantage syndical.

Près du chenil, les choses se passaient assez

bien. Chaque chien, joyeux à l'idée de tirer sur le harnais, faisait, à l'attache, des sauts sur place.

Dan laissa à Irik l'honneur d'atteler Eccluke en tête. Il y avait neuf chiens reliés à la longe centrale. Le jour de la course, il y aurait le double. Ils devraient obéir comme un seul, ne pas s'emmêler, ne pas se battre, ne pas marcher, ne pas courir, ne pas tomber malades. Simplement obéir et trotter jusqu'au bout.

D'un geste sec Dan arracha l'ancrage abandonnant le traîneau à la traction brutale des chiens. L'ancrage consistait en un harpon boule à plusieurs pointes recourbées relié à une corde. Le conducteur jetait au passage le harpon qui s'accrochait à un arbre ou un poteau, et la corde tendue stoppait l'attelage.

Libérés de l'ancrage, les chiens, dans une première impulsion, se mirent à courir avec un ensemble parfait. Dan les lança sur une montée qui apaisa leur ardeur. Il jeta les pneus derrière lui pour les ralentir encore.

Plus haut il demanda à Irik de se laisser traîner et lui-même se suspendit à la force des bras en laissant traîner son corps.

Quelques chiens tournèrent la tête, curieux de savoir pourquoi la charge s'était subitement alourdie.

Eccluke, pensant que tout cela n'était guère normal, s'arrêta, et le reste de l'attelage aussi.

Irik s'était bien amusé à se laisser traîner et Dan reprenait son souffle. Il pensa à dételer Eccluke pour essayer de la remettre seule à cette cadence du trot.

C'est à ce moment précis, la chienne étant tenue au bout d'une longue laisse, que le bruit désagréable du moteur d'un skidoo creva le silence en franchissant la colline givrée.

L'engin envahissait l'environnement de son bruit aigu et entêté. Il ne venait pas vers eux. Il coupait en diagonale en direction du village. De loin, on distinguait deux hommes.

Dan lâcha Eccluke et prit ses jumelles. Il voyait nettement les deux flics avec l'écusson argenté sur le cuir des canadiennes fourrées. Dan abaissa les jumelles et regarda Irik.

– C'est la police, dit-il.

– Pourquoi? fit le gosse.

Dan espéra que la visite ne le concernait pas. Mais pourquoi viendraient-ils dans ce coin désolé?

La moto-luge quittait le profil pour montrer ses arrières. S'ils venaient pour lui et qu'ils ne le trouvaient pas ils en seraient pour les frais d'essence de leur saloperie de boîte pétaradante. A moins qu'ils ne s'en prennent aux Indiens pour l'absence de Dan?

Il replaça Eccluke, qui n'y comprenait plus rien, à la tête de l'attelage et démarra vers le village.

L'arrivée des deux flics avait déclenché une curiosité prudente. Les Indiens s'étaient souvent frottés contre les boutons des uniformes. Mais, sur leur terrain, dans ce village, ils se sentaient davantage dans « leur droit ». Si droit il y avait encore quelque part.

Kougar, le chef, expliqua gentiment que Dan

habitait dans cette maison et qu'il n'y était pas.

Où était-il?

Lorsqu'un Indien fait un geste vague, il évoque l'infini et, pour un flic, donne l'impression qu'il a la bouche cousue par le fil du mépris.

Les policiers s'intéressèrent au poste émetteur-récepteur. Pour communiquer avec qui? Un autre geste vague.

Mais lorsque les deux mannequins se saisirent de l'appareil dans le but évident de le confisquer, la famille d'Irik, le père et les deux frères, se plaça devant la porte.

Le regard des deux flics se heurta d'abord à celui de cette famille d'une immobilité étrange. Mais cette nuance d'étrangeté ne fit pas courir, sur l'épiderme des représentants des forces de l'ordre, le frissons émotif de la poésie.

L'ossature saillante de la main du plus grand des flics – un Texan égaré dans le froid – ouvrit la joue du frère aîné d'Irik. Les yeux ne se baissèrent pas et la tête de l'Indien reprit sa place. Le corps n'avait pas bougé. Le sang coulait, un peu noir. La plaie n'était pas tellement rouge. La bouche de l'Indien restait fermée sur des dents brisées.

Le flic se débarrassa des écouteurs du poste qu'il posa sur le poste que tenait son copain et il serra ses deux poings.

Son premier geste d'attaque pour libérer le passage n'atteignit pas son but. Le plus jeune frère d'Irik lui assena un coup de gourdin sur le poignet. C'était une sorte de matraque ronde dont les pêcheurs se servent pour assommer les poissons à la morsure dangereuse en les sortant de l'eau.

La main du Texan se mit à pendre comme une pâte à tarte qui déborde du plat. De l'autre main il sortit son revolver et vociféra des ordres contradictoires. On pouvait en conclure qu'il allait descendre toute cette racaille et que le type à la matraque devait se coller face au mur les mains croisées sur la tête.

Bavant, souffrant de son poignet brisé, le flic tira quelques coups de feu en l'air.

Dan Murphy, sautant de son traîneau, s'en inquiéta. Il vit des villageois apeurés sortir à reculons de chez lui. Il prit sa carabine 30-30 et s'avança.

Lorsque deux canons d'armes automatiques se regardent en œil de cyclope, chaque seconde s'étire comme du chewing-gum.

– Sacré Dieu, qu'est-ce que vous foutez avec ce flingue? dit le Texan en cessant de mastiquer.

Dan ne baissa pas la 30-30. Il regardait la blessure du frère aîné d'Irik, l'autre le nez contre le mur et le deuxième flic qui tenait toujours son poste émetteur-récepteur.

– Je n'en veux à personne, mais ce poste est à moi, dit-il calmement.

Le deuxième flic se décida à poser le poste.

– On est venu voir ce que vous fabriquiez dans ce village de sauvages, dit le premier.

– Les sauvages ne sont pas dans ce village. Ils fusillent l'ours blanc sur la banquise pour le plaisir et ils ne sont même pas capables de faire trois mètres à pied. On les dépose en avion, dit Dan en pénétrant dans la cabane.

Il remit le poste à sa place et regarda, au plafond, les traces de balles. L'eau dégoulinerait par là.

– Qui va réparer ça? demanda-t-il.

Le flic remisa son flingue et, pour se donner une contenance, empoigna l'Indien qui lui avait cassé le poignet.

– On embarque ce fils de pute. Il m'a esquinté.

Dan fit signe au frère aîné de venir.

– Et ce garçon, il s'est esquinté tout seul? s'informa Dan.

Les flics se regardèrent.

– On est en service, fit l'une.

– Je témoignerai et, de plus, vous vouliez me voler mon poste. Il y a abus de pouvoir, avertit Dan.

Ils éclatèrent de rire.

– A votre place je la bouclerais. La moitié de l'Alaska vous crache dessus et l'autre moitié rêve de vous expulser.

– Je ne dois rien à personne, lança Dan.

Dehors, les flics regardèrent le traîneau et les chiens. Les Indiens s'étaient groupés, attentifs. Les flics tenaient solidement le frère cadet d'Irik.

– Ecoutez, dit Dan, vous ne pouvez rien entreprendre contre moi, et ce jeune type ne doit pas payer pour ça.

– Il va payer pour ce qu'il a fait, grogna le flic en soulevant sa main pendante.

– Quant à vous, on sait où vous êtes et ça nous suffit pour le moment, exposa le deuxième.

Ils firent monter l'Indien dans le skidoo et Dan saisi au passage le frère aîné qui se jetait sur eux.

– Ça serait pire. Il reviendra. Je m'en occuperai, promit Dan.

Il avait parlé en indien. Irik lança une vieille marmite qui résonna contre la tôle du skidoo. Les flics avaient ressorti leurs armes.

Isolés dans ce secteur, ils ne bandaient que d'une. Dan pensa que si le blizzard se levait et que le moteur du skidoo les laissait en rideau, ils ne pourraient compter sur personne.

Venus à deux, ils s'éloignaient à trois. L'inertie des Indiens cachait leur colère. Dan l'écoutait sans l'entendre. Il remua le premier. Ce fut la seule fois, depuis des semaines, qu'il oublia de dételer et de soigner ses chiens et qu'il n'eut pas un regard pour Eccluke bien qu'elle se fût levée sur son passage.

Il pria Irik de rassembler sa famille et ils se groupèrent autour du poste. Dan manœuvra pour communiquer avec Bob Leeve. Il tomba sur Eléonore. Bob ne rentrerait que demain. Il trimbalait des experts au-dessus du pipe-line.

Dan expliqua l'histoire. Eléonore connaissait bien la femme d'un juge de Fairbanks. Dan offrit tout l'argent qui lui restait pour payer une caution.

L'Indien s'appelait Yosepi. Tous les vœux du village se joignaient à l'action d'Eléonore.

Dan coupa le poste et traduisit pour ceux qui ne comprenaient pas l'anglais. Kougar sourit en hochant la tête. Dan se sentait coupable d'avoir attiré la malédiction sur le village.

L'hiver, ils ne faisaient pas grand-chose. Ils vivaient sur leurs réserves avec l'apport de quelques chasseurs. Cette oisiveté partielle rendait plus présente, plus palpable, l'arrestation de Yosepi. Tout Indien désœuvré, les bras ballants, était, pour Dan, un Indien qui pensait à Yosepi.

Le soir même, Eléonore appela Dan pour lui raconter qu'elle avait vu la femme du juge et que cette dernière attendrait le « meilleur moment » pour parler de la chose à son mari.

On peut se fier aux femmes pour choisir le « meilleur moment »; c'est une science et, pour certaines, un art. A ce moment-là les mots atteignent la musique et les déplacements du corps touchent à la couleur.

Mais Dan ne voulut pas dispenser sur le village une espérance exagérée. Muet, il errait sous les regards qui avaient la force de ne pas être interrogateurs. Il bricolait sur son traîneau et quelques harnais. Il n'avait plus l'envie de poursuivre le dressage de ses neuf chiens.

Eccluke avait beau gémir pour lui rappeler que la date de la course approchait, Dan ne sortait pas le traîneau. Irik venait caresser les chiens et aider à la préparation de la nourriture.

Yosepi croupissait en prison. Dan sentait que

Bob et Eléonore Leeve faisaient l'impossible. Un jour, Dan écrivit sur une feuille les noms des personnalités qu'il connaissait bien.

Ensuite, il raya au fur et à mesure les noms de ceux auxquels il ne pouvait pas demander d'intervenir.

A la fin, il ne restait plus qu'un seul nom. Celui de Virginia, la femme aux yeux verts dont il avait partagé le lit et le destin durant quelques années.

Sans dire que c'était pour Dan, elle pourrait peut-être influencer Greg Harway sur la question. Pour un des patrons du pétrole en Alaska, faire sortir un misérable Indien de prison ne posait pas un grand problème. A condition, évidemment, que l'Indien n'ait pas tué un Blanc. On développait déjà ce pays inculte pour leur bien et, s'ils se mettaient à flinguer leurs mécènes, c'était la fin du monde.

Yosepi n'avait flingué personne, mais comment aborder Virginia? Il encadra son nom. Le lendemain, il doubla l'encadrement. Le surlendemain, il y ajouta des fioritures, des arbres, des têtes de chiens...

Il en était là de son immobilisme lorsque Bob Leeve tourna au-dessus du village. Avant de se poser, il salua de l'aile. Les Indiens, avides de quelque nouvelle, coururent vers l'avion. Pour Dan, c'était la preuve de l'impatience, de l'inquiétude qu'ils cachaient au fond d'eux-mêmes et qui les rongeaient sans doute.

Yosepi sauta de l'avion et la stupeur se noya dans la frénésie. Un mélange de cris, de rires et de larmes. Dan avait déjà vu des nomades affamés se comporter de la sorte à la simple vue d'un caribou.

Chacun voulait toucher Yosepi pour être certain qu'il existait vraiment.

Dan demeura un peu en retrait. Yosepi disparaissait puis réapparaissait au sein de la masse mouvante et désordonnée de bras, de jambes et de torses.

Bob et Dan n'avaient pas encore pu se parler. Bob le salua de la main et Dan s'approcha, sans quitter des yeux l'ivresse générale.

– Merci pour eux, dit Dan.

– C'est la femme du juge... et tes dollars, répondit Bob modestement.

Il y avait encore quelque chose dans l'avion. Quelque chose de couché, la tête entre les pattes, le corps en demi-cercle. Il était roux avec des taches blanches sur le museau. Un groenlandais bien portant. Lorsqu'il se leva, Dan pensa qu'il devait avoir cinq ans.

Sous la gorge il avait deux longues cicatrices, témoignage d'un combat au finish. Il avait un œil marron et un œil gris clair.

– Il s'appelle Bull et c'est un chien de tête, expliqua Bob.

Il ajouta que c'était une idée de Yosepi qui jugeait Eccluke un peu trop vieille pour la plus longue épreuve du monde.

Bob sortit de sa poche un billet de un dollar. Il le présenta entre le pouce et l'index.

– C'est tout ce qu'il te reste.

Dan prit le billet et le chien. Ils marchèrent

jusqu'à la maison et Dan cloua le billet contre une paroi à droite de la porte.

– Personne n'a su que la caution venait de toi. La justice l'aurait refusée.

La justice. Dan répéta le mot sur différentes modulations. Mais, de quelque côté qu'on le retourne, le mot restait privé de sens.

Kougar vint formuler une invitation en règle pour fêter le retour de Yosepi.

Ce fut d'abord le tour des maisons. Un alcool de bois capable de décaper n'importe quelle tuyauterie. A la troisième maison, Bob Leeve se rappela qu'il avait un avion à piloter pour rentrer chez lui. La chaleur de l'alcool le soulevait sous les aisselles et il se sentait le talent de se poser sur le dos d'un ours faisant la sieste. Ses roues caressèrent la cime d'un arbre et Bob eut l'impression que King Kong tirait l'avion en arrière!

Très étonné de se retrouver encore en plein ciel, Bob rota. S'il avait fumé en même temps, il eût explosé.

Dan n'avait même pas entendu le décollage. A la sixième maison, tiré et poussé par un Yosepi survolté par la reconnaissance, Dan avait oublié son lieu de naissance et le nom de sa propre mère.

Ce ne furent pas les premières bouchées, à base de salaison, qui aplanirent la pente des gosiers. Une musique rudimentaire scandait les battements du sang derrière les tempes. Les vieillards retrouvaient le souffle de s'agiter et les enfants couraient autour de la maison où l'on recevait, frappant les murs extérieurs avec les perches qui servaient, l'été, à naviguer sur le fleuve.

Dan, bercé par le brouhaha grandissant, n'entendait plus rien. Il voyait Yosepi mimer devant lui des scènes incompréhensibles. Le visage de l'Indien se rapprochait à une vitesse vertigineuse jusqu'à la taille d'un baigneur en celluloïd.

Le groupe changeait de maison en piétinant le sol gelé, se tirant, se poussant. Quelques jeunes imitaient la marche dandinante du manchot, les bras collés le long du corps jusqu'aux coudes, les poignets battants comme des ailerons.

On eût dit que le village essayait d'oublier sa misère, son isolement, sa disparition inéluctable.

Dan essaya de rester dehors, revigoré par l'air glacial qui arracherait peut-être l'étau qui enserrait son front. Mais le flot le propulsa à l'intérieur d'une autre maison, celle de Kougar.

Elle était plus grande. Il y avait de la viande et un alcool encore plus tarabiscoté.

Dan chercha désespérément Irik parmi la flousaille qui gigotait devant ses yeux. Des têtes de chiens se détachaient du brouillard mental de Dan. Il aurait voulu en parler à Irik.

Appuyé sur l'épaule de Kougar, Dan fit un effort fulgurant pour coordonner sa langue avec son cerveau. Kougar disait que le bonheur était dans le village et nulle part ailleurs. Dan essaya de lui répondre que c'était absolument vrai et il n'articula que de la bouillie.

Il vit Kougar éclater de rire. Dan n'avait pas

encore la contenance d'un chef indien, ni d'un Indien tout court. Il quitta son support et tangua jusqu'à un banc dans l'angle du mur. Son dos glissa et ses fesses s'arrêtèrent sur le banc. Il tenta de tenir sa tête droite comme un nouveau-né le fait sur son cou de gélatine.

Une Indienne vint s'asseoir sur ses genoux. Dan Murphy, brillant universitaire, voguait vers l'état sauvage. Rencontre de l'esprit et des éléments naturels, point microscopique sur la terre hostile de l'Alaska, pauvre mais libre, il apprenait lentement que demain n'existait pas.

# CHAPITRE V

Dans le village, ni usines, ni bureaux. Ni chaîne, ni pointage, ni contremaître. La fête du retour de Yosepi s'était prolongée dans l'irréel.

Et Dan rentrait enfin à la maison. Les chiens avaient jeûné. Ils étaient d'une race que cela ne dérangeait pas.

Dan ne savait pas si c'était le matin ou l'après-midi et, comme il n'y avait ni rues, ni trottoirs, il n'était pas obligé de marcher droit.

Lorsque Virginia se détacha de l'angle de la maison, Dan hésita d'un pied sur l'autre. Il avança le buste, plissa les yeux, se passa la main sur le front. Il reconnaissait ce bonnet de laine. Elle portait un manteau de phoque. Il se souvenait de ce qu'elle lui avait dit sur les massacres des bébés phoques : ce n'était pas elle qui les tuait. De toute manière elle ne portait que du phoque adulte.

Etait-elle descendue du ciel au bout d'un fil, ou bien l'alcool de bois fabriquait-il des images dans le cerveau alourdi de Dan?

Il s'approcha jusqu'à poser la main sur elle. Un peu d'ironie dansa dans les yeux verts.

– C'est bien moi, fit-elle. Je suis venue avec un avion de la compagnie de Greg.

Irik avait pris l'initiative d'entretenir le feu dans la maison. Dan invita Virginia à entrer. La différence de température les aida un peu. Elle libéra ses cheveux en enlevant son bonnet. Elle tapota de l'index le dollar cloué contre la paroi de planches.

– Un fétiche, dit Dan.

Il reprenait de l'aisance. Le regard investigateur de Virginia voulait dire : « Alors c'est là qu'il vit... c'est bien ce qu'on m'avait raconté. »

Elle s'arrêta devant la feuille couverte de noms rayés avec le sien encadré et réencadré, orné de dessins.

– C'est une demande en mariage? lança-t-elle.

Le ton était amical. Dan pensa qu'il avait eu raison de ne pas rayer son nom. Il comprit qu'elle avait réfléchi aux événements.

– Presque, fit-il.

Il sourit. Pour s'asseoir il n'y avait que des sièges assez raides. Elle préféra rester debout. Elle ouvrit son manteau et circula d'un mur à l'autre.

– Tu ne m'écouteras peut-être pas, mais ce que je vais te dire je le pense vraiment...

Elle s'était lancée d'une traite et s'adossa pour continuer :

– ... c'est une pure folie de prendre le départ de cette course. Pourquoi le fais-tu? Parce que Greg Harway y sera?

Dan analysa honnêtement la question.

– Je ne savais même pas qu'il y serait quand j'ai décidé d'y aller. J'y vais pour moi.

– Seulement, tout le pays prend la chose pour une bravade, un défi. Tu sais très bien que la course met en jeu l'orgueil de tous les notables et des fortunes sur les paris.

– La course est ouverte à tout le monde.

– Tu n'es pas « tout le monde ». Tu as tué l'un des leurs. Tu as tué l'éminent docteur William Bettniger pour protéger un ours blanc.

– On n'assassine pas une ourse pleine pour s'en faire une descente de lit.

– Mais essaie de comprendre que l'honorable société est disposée à en faire autant. Ils s'imaginent tous que tu vas recommencer. Mart Mieldost s'est répandu partout en disant que tu restais exprès pour descendre d'autres chasseurs. C'est pour cela que la police te surveille...

Elle se rapprocha et le regarda au fond des yeux.

– ... On dit que la course que tu prépares n'est qu'un alibi, que tu ne restes dans le pays que pour rencontrer un nouveau docteur Bettniger.

Dan regarda par la fenêtre. Il voyait Irik près du chenil et Eccluke dressée sur ses pattes de derrière.

– Je suis loin de pouvoir gagner la course. Mon attelage n'est ni dressé, ni complet...

Il se retourna vers elle et sa main effleura son épaule à la naissance du cou.

– ... mais, tu le sais, il est difficile d'aller d'échec en échec. J'espère gagner et ça m'aide à vivre. Il n'y a rien de plus ni de moins là-dedans.

– Et après?

Il répondit par un geste vague, comme celui d'un Indien. Elle joua avec une mèche de cheveux qu'elle avait plus longue.

– Cette course ne t'aidera pas parce que tu la perdras. Je peux même te dire que tu ne la finiras pas. Ce ne sera qu'un nouvel échec pour toi, un désastre. Tout le long des mille huit cents kilomètres tu ne rencontreras qu'hostilité et traquenards.

Elle referma ses mains sur les muscles durs du bras de Dan.

– En souvenir du passé, de ce qui a quand même existé entre nous, je t'en prie, Dan, quitte ce pays, retourne au Québec.

Il promena sur elle un bon regard.

– Cela te complique vraiment la vie à ce point, que je reste ici? demanda-t-il doucement.

Un peu découragée, elle ouvrit les mains et fit quelques pas autour du poêle.

– C'est pour toi aussi...

Elle pencha un peu la tête sur le côté.

– ... quand je pense à ce que tu as été et à ce que tu es devenu.

Elle eut un regard circulaire sur la pauvreté du décor et Dan passa instinctivement la main sur sa joue mal rasée.

– Mais je suis heureux, finit-il par dire.

Elle répéta le mot à l'intérieur d'elle-même.

– Tu l'étais aussi quand tu étais chargé de

cours. Au Québec une université te reprendrait.

– Sans doute, prononça-t-il. (Il réfléchissait.) Le temps passe et on ne peut pas être heureux avec exactement la même chose tout le long d'une vie.

Elle vint s'asseoir auprès de lui. Elle ne se décidait pas à enlever son manteau.

– Tu ne referas pas le monde. Tu ne changeras pas les gens non plus. Ils se groupent pour avoir raison et toi tu es seul. Alors c'est toi qui as tort.

– Donc, c'est toi qui as raison, dit-il gentiment.

– Et tu n'en penses pas un mot. Dis-moi quand même ce que je peux faire pour toi.

Il acquiesça et écrivit quelques lignes sur un papier. Il le lui tendit.

– Tu te renseignes là-dessus et tu essayes de faire classer l'affaire. C'est un Indien du village.

Elle promit en silence. Elle conservait le papier plié au bout des doigts. Elle se pencha brusquement et l'embrassa sur la joue. Puis elle se leva.

Il aima cette tendresse qui voyageait entre eux comme des ondes chaudes.

Sur le pas de la porte, elle vit Irik qui patientait dehors. Dan l'appela et le jeune garçon pénétra dans la pièce sans quitter Virginia de ses yeux obliques.

Pour faire quelque chose, il tira sur un sandow. Virginia remarqua son bras atrophié et, dans le regard qu'elle posa sur Dan, ce dernier compris qu'elle avait peut-être deviné de quoi était tissé le bonheur dans cet endroit.

Elle préféra retourner seule vers le petit avion métallisé qui l'attendait. En marchant, elle se retourna une seule fois, furtivement, comme on le fait pour ne rien abîmer.

Dan écouta la décroissance du bruit du moteur. En regardant Irik, qui tirait consciencieusement sur le sandow, il se reprocha de ne pas avoir demandé à Virginia comment ça allait pour elle.

La grandiose beuverie des derniers jours avait infiltré une certaine mollesse dans les jambes de Dan. Il sortit se balader avec Bull, le groenlandais ramené par Yosepi. Il le tenait à l'extrémité d'une laisse de quelque dix mètres. D'après Yosepi, Bull avait brillé comme chien de tête dans le sud du Groenland. Il était venu en Alaska avec un exploitant de bois qui ne courait plus. Mais le type voyait que le chien était malheureux de ne plus tirer et il n'en avait pas fait une histoire d'argent quand Yosepi lui avait proposé de le mettre à la tête d'un attelage engagé dans la plus grande épreuve mondiale.

Dès que Bull passait devant le chenil d'Eccluke, elle en bavait de haine et plantait ses crocs dans les planches. Avec ses grosses taches blanches sur la tête et le cou, il avait l'apparence pacifique d'un jouet. Mais Dan le sentait très capable d'égorger Eccluke.

Il lui manquait six chiens et il ne lui restait qu'un dollar. Yosepi et Irik pensaient que la seule solution était d'essayer le reste des croisés coyote du village.

Dan, sans grande conviction, se mit à en choisir six et à les entraîner en groupe. Cette race était insondable. Les chiens donnaient à la fois l'impression de pouvoir franchir dix mille kilomètres et celle de s'écrouler au bout du premier kilomètre.

La première semaine passée avec eux, Dan choisit d'augmenter chaque jour le kilométrage. Il attaqua sur trente kilomètres, et puis quarante, et puis cinquante. Le dernier jour, il franchirait quatre-vingt-dix kilomètres.

Les chiens ne posaient pas le problème du trot. Cette cadence était en eux par leur croisement, Dan ne pouvait leur reprocher que la laideur de leur progression. Mais un coyote n'était guère agréable à regarder trotter et les chiens n'y pouvaient rien. On ne reproche pas à quelqu'un sa date de naissance.

Au centre de la semaine, Dan fut assez content de sa forme personnelle. Sa cadence de patinette était soutenue. La jambe plus faible, en appui sur le patin du traîneau, ne s'alourdissait pas. Parfois il poussait un peu avec elle pour lui éviter l'engourdissement.

Le jour où il fit les soixante-dix kilomètres, il attela Bull en tête des six chiens.

Irik venait de terminer l'attache et Dan s'approchait, Bull en laisse. Il fit semblant de vouloir l'attacher en queue de l'attelage, mais le groenlandais n'aspira alors qu'à se jeter sur l'avant-dernier chien. Sans même avoir reçu un coup de croc, ce chien croisé coyote s'aplatissait, reconnaissant Bull comme son chef.

Dan essaya toute les places intercalaires. Il devint évident que Bull ne supportait que la place de tête. Aucun chien, sauf Eccluke, ne la lui disputerait.

Irik se plaça à côté de Bull, le tirant, au début, en arrière pour l'empêcher de courir. Bull se mit à marcher en crabe, puis à tourner franchement le museau vers Dan. Un chien attelé en tête se devait de courir le plus vite possible et Bull ne comprenait plus.

Dan, secrètement énervé par ce qu'il lui restait à vaincre pour obtenir que les dix-huit chiens trottent sans discuter et sans se battre, assena à Bull quelques coups de fouet dès qu'il courait. Et, dès qu'il trottait, Irik se penchait et lui donnait un morceau de viande.

Bull n'avait, heureusement pour lui, pas lu le marquis de Sade et il préféra naturellement se régaler le gosier que de souffrir sous le fouet.

Dan termina les soixante-dix kilomètres avec un peu d'inquiétude. Il avait mal dans les épaules. Pas une douleur vive : une gêne, une lourdeur.

Il examina le traîneau le soir même. Il le remesura avec soin. Il préférait croire que sa position de musher était mauvaise, les poignées trop hautes, plutôt que de croire à de la fatigue.

Insidieuse, la fatigue des longues distances peut se glisser n'importe où. Et, dans la course, il faudrait couvrir une moyenne quotidienne de cent kilomètres. Depuis le début de cette semaine, il n'en avait couvert que cinquante par jour. Pourtant il avait déjà derrière lui une bonne dose d'entraînement.

Sa fatigue était anormale. Il consacra le lendemain à baisser la hauteur de sa prise arrière. Quant à la journée d'Eccluke, elle se passa comme d'habitude à guetter les déplacements de Bull. Chacune des apparitions du groenlandais transformait Eccluke en louve meurtrière.

Dan évita de penser qu'un jour Eccluke et Bull devraient, d'une même volonté, tirer le traîneau dans la course infernale.

Au seuil du samedi, pour l'étape progressive des quatre-vingts kilomètres, Dan se passa un onguent sur les muscles du trapèze et attela les deux malamutes à l'arrière.

Le ciel, d'un gris blême, était descendu jusqu'à rejoindre les gelures du sol dans un horizon limité. Les deux malamutes, les six croisés coyote et Bull trottaient sans faire d'histoires. Irik était assis sur le traîneau, la tête un peu baissée pour se couper du déplacement d'air. Ils longeaient une forêt de bouleaux immobiles. Dan, les mains plus basses, se sentait mieux.

Plutôt que d'escalader directement la colline suivante, il obligea l'attelage à couper dans la pente. La marche en devers compliquait les choses, mais il savait que le parcours varié de l'Iditarod offrait une série de devers très accentués.

Dan marchait en amont du traîneau pour l'empêcher de trop déraper. Heureusement que sur ce terrain les chiens s'étaient mis à marcher. Sur le devers, l'appui sur sa jambe plus faible accentuait encore la difficulté pour Dan.

Le vent se levait légèrement. A la moindre brise, la température descendait de plusieurs degrés. Au quarantième kilomètre, il cherchait un endroit un peu abrité lorsque les croisés coyote décidèrent de s'arrêter pour faire leurs besoins.

Bull se retourna violemment sur le plus proche de lui et le sang gicla. Bull voulait décider lui-même de l'arrêt de l'attelage, et, de plus, il savait que les chiens de traîneau doivent faire leurs besoins tout en marchant, sans s'arrêter.

Il cessa la correction avant la rapide intervention de Dan. Mais Dan n'était pas encore revenu sur l'arrière du traîneau que Bull se jetait sur un autre des chiens.

Dan se rua de nouveau vers l'avant et assena une volée de coups sur le museau de Bull. Ces allées et venues au sprint et le combat pour séparer les chiens valaient vingt kilomètres en dépense physique.

Bull capitula, mais Dan se demanda s'il ne guetterait pas l'occasion de corriger tout l'attelage. Un chien de tête qui s'imagine être dans son bon droit ne se souvient pas des coups de bâton. Il s'accroche à son idée fixe.

Tant qu'il restait à ses côtés, Bull se tenait tranquille. Dan et Irik mangèrent un morceau dans le vent qui montait. Dan avait tiré les quarante kilomètres sur une légère courbe et s'ils rentraient en ligne correcte, ils économiseraient dix kilomètres.

Les deux croisés coyote léchaient leurs plaies. Bull les lorgnait, assis bien droit, fièrement. Il évitait néanmoins de regarder Dan.

Avant de repartir, Dan passa une main rude sur l'échine de Bull en guise de caresse pour que le chien sente que le maître avait apprécié l'idée du dressage tout en réprimant la méthode.

Et il le remit en tête avec Irik courant à côté. Tant bien que mal, le traîneau rentra au village. Au cours du dételage, Bull eut l'occasion de passer à proximité d'un des croisés coyote et, malgré les efforts d'Irik, il se jeta sur ce chien. Il n'avait pas sa ration.

Fatigué nerveusement, Dan lui passa la lanière du fouet autour du cou et le tira violemment en arrière. Il l'eût étranglé si Bull n'avait pas lâché le paquet de chair et de poils dans lequel il avait joyeusement planté ses quatre rangées de crocs.

Dan propulsa Bull dans son chenil à coups de pied. Malgré le froid, Dan avait chaud à la racine des cheveux. Il laissa Irik faire le reste et, rentré chez lui, il s'allongea sur le lit. Les yeux au plafond, il voyait les trous laissé par les balles de ce con de flic.

Dan devait soigner trois chiens blessés par Bull et il devait aussi nourrir la meute. Il entendait gronder Eccluke. Elle bavait certainement de haine, avec des filets rouges dans l'œil. Il se leva brusquement et brancha le poste pour parler à Bob et à Eléonore, pour leur dire qu'on vienne le chercher, qu'il plaquait tout. Mais il n'y avait personne chez ses amis. Il reposa les écouteurs et mit de l'eau à chauffer sur le poêle.

L'obligation des choses de la vie lui fit accomplir d'autres gestes, et le vent hurla toute la nuit.

Au matin, le vent s'était un peu calmé et Dan eut envie de se retrouver contre ce souffle, derrière son attelage. Il plaça juste derrière Bull les chiens qu'il avait déjà mordus et Bull donna l'impression qu'il ne pensait plus aux trois autres délinquants.

Cette journée était en principe de quatre-vingts kilomètres. Au début, le vent repoussait Dan en arrière, pleine face.

Pour les chiens, le trot s'imposait. Le corps légèrement arqué, la tête inclinée sur le côté, ils luttaient. Les éléments avaient remplacé leurs querelles de préséance. Dan cherchait sa respiration. Le vent lui crachait à la figure un peu de neige durcie. L'agression ressemblait à des pelotes d'épingles.

Dans l'Iditarod, la chance de vaincre passait d'abord par la résistance contre ce vent. Aujourd'hui ce n'était qu'une caresse et, ce soir, ils seraient tous dans le village. Pendant la course, il leur faudrait demeurer des jours et des nuits dans ce tourbillon. Beaucoup, le matin, ne repartiraient pas.

Irik, dans le traîneau, tournait le dos aux chiens et Dan voyait parfois son sourire qui lui fendait le visage en croissant de lune. Dan pensa que, dans la course, il ne verrait pas ce sourire-là. Il serait seul.

Maintenant ils longeaient la route de Manley Hot Springs à Livengood. Cette route était fermée l'hiver. Pour couvrir la distance prévue pour la journée, ils pourraient s'arrêter juste avant Livengood et revenir. Avec le vent dans le dos, le retour ne poserait pas de problème.

A quelques kilomètres de Livengood, Dan vit une Land Rover stoppée sur la route. La neige très dure portait bien sous les pneus mais le vent avait fini par en amasser d'un côté de la voiture.

Les vitres qu'assaillait le vent étaient givrées. Curieux, les chiens polaires avaient ralenti. Dan en profita pour arrêter l'attelage.

Il contourna la voiture. Il n'y avait personne au volant, mais à côté, on distinguait deux personnes serrées l'une contre l'autre. Dan tapa au carreau. Elles bougèrent.

Il s'agissait de deux femmes, pour autant qu'on puisse en juger dans leur emmitouflage. Dan ouvrit la porte et elles eurent un élan vers lui, vite réprimé par son apparence sauvage.

– Besoin de quelque chose? demanda-t-il.

Elles se regardèrent. La plus âgée était encore jeune. La seconde devait être sa fille.

– Nous sommes en panne. Nous avons essayé de revenir à pied mais avec ce vent...

– Et il y a au moins dix kilomètres, ajouta la jeune fille.

Dan avait suffisamment fréquenté les Américains de New York pour en reconnaître l'accent. Encore des gens du pétrole, pensa-t-il.

– On finira peut-être par venir nous chercher. Je suis la femme de l'attorney de Livengood.

– Panne d'essence? s'informa Dan.

– Non, mais la voiture est neuve. Le moteur s'est bloqué d'un seul coup.

Dan jeta un œil sur la route. Le vent n'apportait que son propre bruit et on n'y voyait pas à plus de quelques mètres.

– Je n'ai qu'un traîneau avec des chiens, proposa-t-il.

Elles trouvèrent ça « formidablement original de rentrer en traîneau ». Dan ramassa une bâche pliée sur la banquette arrière et elles descendirent.

Irik quitta le traîneau et Dan les installa l'une devant l'autre. Il enroula la bâche autour d'elles.

La jeune fille raconta qu'elle était déjà montée sur le traîneau d'un copain, un étudiant, mais qu'il n'avait que trois chiens. Et peut-être bien qu'un jour il serait le plus grand musher de la région.

Dan lança Bull et le reste suivit. L'itinéraire s'en trouverait rallongé. Dan aurait bien voulu voir la bobine de l'attorney lorsqu'il apprendrait la chose.

Avec les premières maisons, ils virent deux chasse-neige qui dégageaient les abords de la petite ville.

Le traîneau glissait entre les maisons, le long de quelques voitures en stationnement. Les rares passants se hâtaient. La femme de l'attorney indiqua une direction du bras et Dan fit prendre à l'attelage un virage à gauche.

Les croisés coyote tournaient la tête dans tous les sens car ils n'avaient sans doute jamais vu de voiture de leur vie, ni autant de maisons.

La femme guida Dan jusqu'à une petite place. La maison était la première à droite. D'un gris presque blanc, elle s'étendait le long d'une plate-bande que cette femme prenait pour un jardin. Elle proposa à Dan et à Irik une boisson chaude et ils les suivirent après avoir amarré le traîneau, sur le trottoir, à une grille.

La maison sentait l'encaustique. Il y avait pas mal de bibelots et de dentelles, et le salon donnait sur la salle à manger. Le style anglais réservait des vitrines dans lesquelles luisait de l'argenterie.

Irik jetait sur ce confort bourgeois des regards apeurés. Une glace fit brusquement prendre conscience à Dan de leur accoutrement. Irik serrait autour de lui, malgré la chaleur, sa capote de drap dont la fourrure, fixée par sa mère, pendait par endroits.

La parka de Dan avait un coude rapiécé et l'autre non. L'une des manches s'effilochait. Dan prit la tasse de thé dans sa main gauche pour ne pas courir le risque de voir les effilochures tremper dans le breuvage.

La mère et la fille entretenaient la conversation le mieux possible. Mais elles ne pouvaient éviter de jeter des regards de plus en plus fréquents sur les bottes de leurs invités. Le dégel en humidifiait les abords. Cela formerait bientôt quatre honnêtes petites flaques.

L'Indienne qui avait apporté les biscuits secs posait sur Irik des yeux méprisants. Il lui faisait honte en plaçant le biscuit dans le creux de sa main et en pressant sa bouche dessus. Il en mettait partout et léchait sa main.

– Je ne connais pas ce village, dit la jeune fille de la maison.

– Il se meurt, répondit Dan.

– Qu'y faites-vous? se risqua à lui demander la mère.

– J'y vis.

Elle eut un sourire pincé, un œil sur le carillon dont le grand balancier comptait bêtement les secondes.

Dan se leva. Il craignait d'être surpris par la nuit.

– Monsieur l'attorney général Spencer tiendra un jour à vous remercier personnellement, monsieur...

Elle attendit poliment que Dan se présente enfin.

– Murphy, Dan Murphy, laissa-t-il tomber.

Elle avala sa salive et Dan ne put absolument pas déceler si le nom lui rappelait quelque chose.

– Merci encore, monsieur Murphy. Sans vous, nous serions mortes de froid.

Dan allait formuler quelques mots de bonne compagnie lorsqu'un hurlement couvert par des glapissements de chien qu'on égorge saccagea les mondanités.

Dan et Irik se ruaient sur la porte. Le traîneau tenait toujours après la grille, mais l'attache centrale sur laquelle étaient reliés les treize chiens leur laissait un pouvoir d'action qui s'était refermé sur un boxer assez dodu.

Ce chien encore tenu en laisse par un maître hurlant n'était plus qu'une masse sanglante sous la sauvagerie des chiens polaires. Dan avait oublié qu'ils étaient dans une ville et qu'ils pratiquaient le cannibalisme à l'égard de toutes les autres races. Oui, un racisme absolu.

Le maître tirait follement sur la laisse. Bientôt, seule la tête du boxer se balancerait au bout.

Dan pénétra au centre de la curée. Irik resta sur les bords, essayant d'arracher un chien par-ci par-là.

Dan, s'accrochant aux queues touffues, tentait d'écarter les chiens. Mais l'attraction des membres sectionnés et de la tripaille à l'air du boxer était sans concurrence.

Les chiens polaires n'auraient même pas senti des coups de barre de fer.

Des gens réprobateurs s'agglutinaient autour du carnage. Dan souffrait déjà de plusieurs coups de crocs. Il pensa trop tard à enfiler ses gants. Le sang pissait de sa main gauche.

Soudain, le maître du boxer ne sentit plus aucune résistance à l'extrémité de sa laisse. Il n'y avait plus de chien au bout de cette laisse. Son chien adoré finissait de disparaître dans les treize estomacs des chiens de traîneau, ces loups que Dan avait introduits dans la ville.

Le bruit de la férocité baissa jusqu'à n'être

plus que quelques craquements d'os et chuintements mouillés des langues sur la place rouge du trottoir.

Dan, au milieu de ses chiens, les mains inutiles, pendantes, entendait les gens parler d'abattre ses chiens, parler de sauvagerie d'un temps révolu et des bienfaits du traîneau à moteur. Le maître du boxer brandissait sa laisse en pleurant.

Dan redressa sa taille et se plaça entre les gens et les chiens. Il était du côté des chiens comme il s'était mis du côté de l'ourse contre le très honorable docteur William Bettniger. Il n'était plus le très honorable professeur agrégé Dan Murphy. Il était cette espèce de brute habillée comme un de ces Indiens irréductibles, en face de la société réprobatrice qui regardait le spectacle de ses mains pleines de sang.

Il promena son regard sur les visages renfrognés. Chacun était son juge. Mais ils ne l'auraient plus si facilement.

Irik détacha le traîneau de sa grille. Ne sachant trop comment, Dan se retrouva les mains sur les poignées, les chiens trottant devant et une rumeur hostile derrière lui.

Il ne se retourna pas pour ne rien provoquer. Les gens demanderaient sans doute des comptes à la femme de l'attorney. Dan pensa qu'il aurait dû les laisser se démerder avec leur panne de voiture. Les chiens les avaient courageusement traînées chez elles, vent debout, et voilà que la société voulait les abattre. Ils avaient toujours mangé du gibier. Un boxer, un teckel, un caniche, un épagneul, les autres faisaient partie du gibier.

Pour Dan, Irik et les siens, et pour les attelages du passé, il y avait comme un malentendu, une différence fondamentale que ni livres, ni discours, ni films ne viendraient combler. Il fallait seulement fuir. La fuite était encore, heureusement, un refuge.

Dan avait quitté la route. Il rentrait au village, vent dans le dos. Derrière lui ce souffle ramenait de la neige sur les traces. L'attelage disparaissait à l'œil et n'était pas repérable au son.

Le vent venait de cette petite ville. Comme si les habitants unissaient leur souffle pour expulser Dan et son copain Irik. Le jour baissait, Bull, son radar de chien de tête dans le museau, n'hésitait pas sur la direction à prendre. L'attelage s'était solidarisé autour de l'étranger, ce boxer au poil ras, soudé en lapant le même sang.

Et ils trottaient, faisant ainsi ce qu'ils aimaient le plus au monde : tirer un traîneau.

Dans le soir déjà, les dents blanches d'Irik se voyaient davantage derrière son sourire en croissant de lune. Et Dan, debout sur les patins, les épaules bien carrées dans sa parka, avec le vent qui poussait dedans comme dans une voile, empoignait sa propre existence pour la débarrasser du superflu, de ce fatras sous lequel vieillissent trop vite les civilisations.

# CHAPITRE VI

A huit semaines de la course, Dan ne pouvait plus reculer davantage l'heure de la vérité : atteler les dix-huit chiens ensemble.

Il se leva avant le jour pour aller cajoler Eccluke. Elle l'aimait d'amour, il le savait depuis longtemps. Mais comment demander à Eccluke d'oublier la haine qu'elle entretenait contre Bull, du fond de son ventre jusqu'à sa mâchoire d'acier?

Dan lui parla tout en examinant soigneusement sa forme physique. Il ne pouvait même pas lui dire qu'elle était superbe pour son âge. Les femmes qui se trouvent encore belles ne vous pardonnent pas ce genre de compliment.

Et encore moins lui dire que la course était trop longue, qu'il l'emmenait surtout en souvenir du passé et des risques vécus ensemble sur la banquise, mais que Bull devrait la relayer, faire une partie de cette course en tête.

Aucune pointe des articulations ne la faisait souffrir. L'arrière-train non plus, dans lequel l'âge vient se loger. Il inspecta les pattes, entre les coussinets. Pour prouver qu'il la favorisait, il fixa à chacune des pattes une protection de cuir souple qu'il avait cousue lui-même. Pour la course il lui faudrait équiper tous les chiens de ces chaussons spéciaux. Sur une partie du parcours, il y avait de véritables aiguilles de glace formées par l'érosion.

Lorsqu'il amena Eccluke devant l'attelage en place, elle était assez fière de ses chaussons... Elle chercha Bull du regard, et sa satisfaction fut grande de le voir attelé, isolé, au flanc du traîneau.

Eccluke s'installa en tête. Derrière, dans l'ordre, venaient les dix croisés coyote, les quatre huskies de Sibérie et enfin les deux malamutes. Bull, le groenlandais, tirait vainement sur la courte attache qui l'empêchait de se jeter sur les chiens les plus proches de lui, c'est-à-dire les malamutes. Bull, enragé de n'être pas leader, voulait se payer sur quelqu'un.

Avec cette dynamite en réserve, Dan démarra. Il avait chargé le traîneau d'environ deux cents livres de lest. Irik était évalué pour cent livres. Les chiens étaient attelés en tandem de chaque côté de la longe centrale. L'ensemble mesurait une bonne vingtaine de mètres.

Avec ce système, on peut terminer l'attelage avec deux chiens de tête tirant côte à côte lorsqu'ils s'entendent. Eccluke était seule et Bull ne supporta l'humiliation de ne pas être à sa place que pendant la première heure.

A partir de ce moment, il abandonna le trot pour se contenter de marcher en se laissant traîner. Dan, très près de lui, le poussa un peu du pied. Bull s'arrêta. Dan plia son fouet et lui en assena un ou deux coups. Bull ne leva même pas la tête sur le musher et entreprit de se laisser totalement traîner. Le harnais agissant en sens inverse lui cassait les oreilles. Bull se coucha comme un chien à l'agonie et les autres le traînaient, sac de poil et de chair sur la neige dure.

Dan actionna son filin, un levier de bois chaussé d'une ferrure dentelée qu'on enfonce dans le sol avec le pied. A l'entraînement, c'est parfois suffisant pour stopper le traîneau. Eccluke tourna la tête et s'arrêta.

Bull, les yeux fermés, restait étendu sur le sol. Dan le détacha, enroulant la courte laisse autour du poignet. Bull se redressa d'un bond et frétilla lorsque Dan le conduisit en tête.

Dan se plaça entre Eccluke et Bull et l'attela à côté de la chienne. Puis Dan vint s'asseoir en face des deux leaders, les babines ourlées sur leurs crocs, les poils de l'échine redressés par la haine. Le manche du fouet se balada entre eux. Pour en signifier l'injustice, Eccluke planta ses crocs dans le manche.

Irik s'approcha et s'assit près de Bull pour intervenir. L'air calme se chargeait néanmoins de tension.

Dan attendit que les grondements s'espacent et que les poils s'aplatissent. Il se leva lentement et fit semblant de se désintéresser des deux chefs. Mais, quand ils se jetèrent l'un contre l'autre, dressés sur leurs pattes de derrière, Dan eut le temps d'intercaler toute sa jambe entre les deux corps.

Les chiens, debout sur deux pattes, n'avaient guère d'équilibre. Dan et Irik, tirant sur le collier des harnais, arrachèrent la prise des crocs. Dan décrocha d'un geste rapide le mousqueton qui reliait Eccluke à la longe centrale et il la souleva, la portant jusqu'au traîneau. Il la laissa tomber dessus assez brutalement et l'attacha très court pour l'empêcher de sauter sur le sol.

D'un coup de fouet, l'attelage redémarra. Irik s'était installé à l'avant du traîneau. De l'arrière, Eccluke levait vers son maître un museau étonné. D'habitude, le musher ne mettait sur son traîneau qu'un chien malade ou blessé ou simplement épuisé. Eccluke ne se sentait ni blessée, ni épuisée, ni malade.

Elle se tortilla un peu pour essayer de sauter quand même et elle reçut un coup de manche de fouet.

Bull, heureux, tirait consciencieusement. Dan savait maintenant que s'il voulait emmener les deux chiens de tête pour l'épreuve, il devait placer celui qui ne tirait pas sur le traîneau. Ecclucke pesait cinquante-deux livres et Bull en pesait quatre-vingts.

Debout sur les patins du traîneau, Dan alignait mentalement les chiffres. Il se demandait si cette charge supplémentaire serait compensée par le relayage des deux chiens. Ne devrait-il pas abandonner Eccluke?

Envahi par cette question, il fut surpris à la sortie de la forêt par un virage court vers la droite. La file des chiens de gauche se rabattit sur celle de droite, franchissant la longe centrale et provoquant une confusion agrémentée d'un emmêlement de toutes les laisses de traction individuelles.

Bull, seul, avait, de par sa position de leader, échappé à cet enchevêtrement. Tout se bloqua donc derrière lui et il reçut le choc brutal de l'arrêt sur son harnais de poitrail.

Il se retourna et, revenant vers le traîneau, il passa de l'autre côté d'un arbre. Cela devint inextricable. Dan et Irik recommencèrent à travailler sur les dessus et les dessous, les entortillements et les chiens étranglés par l'énervement de ceux qui cherchaient à se dégager seuls.

Dès que Dan croyait accéder à un chien en démêlant une laisse, il arrivait au harnais d'un autre. Il saisit son couteau de chasse et, pris d'une rage folle, il se préparait à sectionner toute la longe, toutes les attaches de cette foutue mêlasse, lorsque le son rauque d'un musher flotta autour de leurs oreilles.

Un grand attelage surgissait à quelque distance. Il grossissait rapidement. Les chiens couraient souple. Parfois le musher cavalait derrière son traîneau pendant quelques mètres et reprenait pied sur les patins.

Dan et Irik écoutaient le crissement du traîneau et le halètement des chiens. L'anorak et le pantalon du musher étaient d'une laine de même couleur. La respiration de l'homme avait déposé du givre sur sa poitrine. Dan eut l'impression qu'il le connaissait. C'était un Indien qu'il avait déjà rencontré dans des courses, dont une fameuse, celle du « Rendez-vous » pendant les fêtes de la fourrure à Anchorage.

Dan crut même se souvenir que cet Indien était dentiste. Il passa, avec un léger signe de la main. Il avait douze chiens. Tous des huskies de Sibérie. Le passage était étroit et l'Indien plaça, d'un geste précis, son traîneau sur le devers pour ne pas heurter celui de Dan coincé entre le devers et la forêt.

L'Indien avait un traîneau de course et Dan pensa qu'il venait de Huslia, le village des mushers, et qu'il s'entraînait sans doute pour l'Iditarod.

Dan, face au traîneau qui prenait sans bavure et sans ralentir le virage sec et, au centre de son attelage bloqué, plus emmêlé que les cheveux d'une sorcière, sentit que ses bras s'allongeaient de découragement.

Avec des gestes lents guidés par un cerveau en veilleuse, Dan commença par démousquetonner toute les laisses. Derrière lui Irik les démêla une par une avec une patience ancestrale. Chaque chien délivré était attaché à un arbre. Il faut se méfier des fugues du chien polaire qui peut partir pendant plusieurs jours sur les traces d'une odeur de gibier.

Si une telle mésaventure était arrivée dans le blizzard, les nœuds eussent été solidifiés par la glace, et Dan aurait dû découper toutes les attaches en petits morceaux pour dégager les chiens. Et, ensuite, lui à pied et les chiens errant, tenter leur chance séparément en abandonnant le traîneau.

Ils mirent deux grandes heures pour tout réorganiser. Le reste de la journée se passa sans incident. Le trot parut médiocre à Dan et, en pénétrant dans sa longue maison de bois, sa jambe faible tirait davantage sur sa hanche. Les dix-huit chiens étaient soignés. Bull lorgnait Eccluke de l'autre côté d'un grillage et Irik était rentré chez lui.

Dan se redemanda si le défi lancé aux gens et à lui-même au travers de cette course valait vraiment le coup. Ses chances de gagner étaient si légères qu'un cil en eût supporté le poids.

Il mélangeait le poisson et le riz lorsque Bob Leeve l'appela. Tout allait bien à Fairbanks. Les jeunes universitaires que Dan avait rencontrés chez Bob demandaient à le revoir pour lui exposer leurs problèmes.

– Je ne suis plus dans le circuit, je risque de me tromper, répondit Dan.

– Ce n'est pas pour les études. C'est pour la vie. Je crois qu'ils ne pigent plus très bien pourquoi ils travaillent.

Dan hésita. Il ne voulait pas venir à Fairbanks. Il avait peur de se déconcentrer. Il préférait rester au centre de ses difficultés avec les chiens.

– Qu'ils essaient de m'écrire. Je répondrai, proposa-t-il.

Bob n'insista pas. Il parla à Dan de tout ce qui lui manquait encore pour la course. Surtout les points de ravitaillement. Les mushers ne pouvaient pas transporter vingt jours de vivres pour les chiens et pour eux. Ils se faisaient déposer des vivres à des points précis.

– Mais il ne me reste qu'un dollar, dit Dan.

La voix d'Eléonore se substistua à celle de Bob.

– Je prête de l'argent à 12 %. J'ai calculé qu'il te fallait mille dollars.

– Et si je ne gagne pas?

– Il y a des prix jusqu'à la quatrième place.

– Je peux ne pas arriver du tout, affirma Dan.

Il y eut un drôle de silence dans les appareils.

– Alors pourquoi tu t'alignes là-dedans? lança Bob.

– Quelle différence de la faire ou pas? Je suis chômeur, répondit Dan.

– On est trop bons avec les chômeurs. On leur laisse faire des courses de traîneau, railla Bob.

Dan entendit le rire d'Eléonore.

– Alors je te prête mille dollars et tu m'en rends mille plus cent vingt... d'accord?

– D'accord.

– Fais ta liste.

– Mais je connais plus le prix des choses, avoua Dan.

La phrase le renforça dans l'idée de vivre à part. Le fossé existait. Il perdait du temps et des forces à essayer de le combler.

– Tu es peut-être un poète qui s'ignore, plaisanta la femme de Bob.

– Et un poète a toujours besoin de gens sordides qui connaissent les prix, appuya Bob.

Dan les compara gentiment aux rois mages et, alerté par l'odeur de brûlé de son repas d'ascète, il coupa le poste.

Dan se regonfla un peu le moral en améliorant quelques sorties. Il avait dû marcher sur son cœur en laissant le fidèle Irik au village. Dan devait s'habituer à la solitude qu'il affronterait pendant la course.

Irik passait son temps à l'attendre, accomplissant machinalement les tâches du village distribuées par Kougar.

Dan retrouvait toujours le jeune garçon qui le guettait à un milc ou deux du village. Il lui laissait alors conduire le traîneau pour franchir cette courte distance. Bull et Eccluke se relayaient en tête et aussi sur le traîneau, en punition.

Et puis Bob posa le Pipper sur la mauvaise piste, sans doute pour la dernière fois avant la course.

– J'ai toutes tes affaires personnelles et j'ai entreposé la nourriture à Fairbanks, annonça-t-il en sortant de l'avion un sac oblong aussi haut que lui.

Ils le portèrent à deux jusqu'à la maison. Malgré le froid, l'avion tenait toujours les Indiens dehors. Irik qui sentait que le départ de Dan était proche épiait ses moindres gestes avec l'intensité d'un chasseur esquimau affamé surveillant les déplacements d'un phoque.

Dan et Bob éparpillèrent les affaires sur le sol, le lit et la table. Il y avait des vêtements de rechange, un tas de chaussettes en laine brute et aussi une deuxième paire de bottes fabriquées par un artisan, dont l'empeigne montait très haut.

Il fallait prévoir d'être mouillé. Le froid

polaire resserre une gangue de glace autour de l'homme mouillé. Ses vêtements deviennent alors un carcan qui peut le paralyser jusqu'à une mort certaine. De toutes les manières de mourir, celle-là est une des plus désagréables.

Dan emportait donc de quoi se changer plusieurs fois. Il avait une tente isothermique à l'épreuve de la condensation, des médicaments pour les chiens et lui-même, de quoi faire des piqûres, réduire une fracture, recoudre une plaie et stopper les hémorragies.

Il avait une bâche pour recouvrir les chiens à l'arrêt en cas de trop gros mauvais temps, des cartes, boussole et altimètre pour faire le point comme un marin.

Il emportait des harnais de rechange et toutes les attaches de l'attelage en double. Une petite pelle pliante et très solide, des allume-feux, un réveil quand on ne doit dormir qu'une heure ou deux. Il était dans un étui à l'épreuve des grands froids.

Son sac de couchage était en duvet à double cloison et il avait une graisse spéciale pour enduire les parties de son visage qui resteraient nues exposées aux dents fines et aiguës des basses températures.

Ses sous-vêtements étaient en laine légère et très serrée et d'une seule pièce, comme une combinaison de mécano. Eléonore avait pensé à une cagoule en soie pour la tête à mettre sous les bonnets de fourrure ou de grosse laine, ce qui évite les frottements.

Il avait tout et même une chose qu'aucun coureur n'aurait : une jambe folle.

Ils firent de la place pour étaler les cartes. Bob encercla les points sur lesquels il pourrait déposer les caches de nourriture.

D'Anchorage à Nome on comptait 1 169 miles. Ce qui donnait exactement 1 880 kilomètres et 921 mètres.

– Pour un classement valable, il faut mettre de dix-huit à vingt jours, estima Dan.

Bob se livra à un bref calcul mental.

– Ça veut dire que tu dois faire au moins soixante miles par jour, soit environ quatre-vingt-quinze kilomètres.

Dan expliqua qu'il pouvait fonctionner en autonomie de cinq jours avec la nourriture des chiens.

– Je dois donc intervenir quatre fois, précisa Bob en se penchant sur la carte.

Il traça des petits ronds sur quatre lieux assez bien répartis le long de la distance totale.

– Pour ma nourriture personnelle, je peux être indépendant jusqu'à Ruby.

C'était à plus de la moitié de la course.

– C'est loin, dit Bob.

– Il y a des points de ravitaillement organisés par le comité de la course.

Bob exprima son doute d'un balancement de la main.

– Ne compte que sur toi, fit-il.

Dan savait qu'il pensait à l'hostilité qu'on lui témoignait, mais il ne voulait pas recommencer sur ce chapitre. Ils se mirent à pinocher les détails du ravitaillement et le poids que Dan devait transporter entre chaque point.

Ils arrivèrent à cent trente kilos avec le matériel de bivouac et les affaires personnelles. Bob pensait que c'était beaucoup.

Dan décida de ne prendre ses propres vivres que jusqu'à McGrath. Et il se garda bien de parler du poids supplémentaire que représentait la mésentente entre Bull et Eccluke, chacun étant chargé sur le traîneau à tour de rôle.

Ils parlèrent de la tempête et de l'éventuelle impossibilité pour Bob de déposer le ravitaillement.

– On verra bien, répondit Dan.

La réponse n'enchantait pas Bob mais il n'en trouva pas de meilleure. Ils décidèrent que Dan irait à Fairbanks avec le traîneau et les chiens pour tester le matériel en couchant dehors et que Bob transporterait le tout par avion de Fairbanks à Anchorage.

On était le 18 février. Le départ de la course se donnerait le 3 mars.

Bob jeta un regard sur l'ensemble des objets et des vêtements éparpillés. Dans une pièce chauffée ou dans un magasin, le matériel d'expédition a un air protecteur et indestructible. Mais les éléments déchaînés sont de redoutables vandales.

Bob vida en silence sa tasse de café. Irik lui montra assez fièrement les progrès de son bras en tirant sur les sandows. Les yeux de Dan, qui pouvaient tellement s'assombrir, s'éclairèrent.

Soudain, la vie leur parut, à tous les trois, inexplicablement bonne.

# CHAPITRE VII

Dan achevait d'arrimer les bagages sur le traîneau. Suivant la pratique, les choses changeraient certainement de place. Il plaça la carabine 30-30 à portée de la main et les boîtes de cartouches bien au sec. La plate-forme du traîneau mesurait deux mètres de long et cinquante centimètres de large.

Irik l'aida à atteler les chiens. Eccluke resta derrière son grillage. Dan devait se résoudre à ne pas l'emmener. Elle regardait la scène fixement, sans émettre aucun son. Bull s'installa en tête. Kougar, le chef, s'approcha. La petite population restait derrière lui.

– Quand tu reviendras, la glace aura craqué, dit-il.

Il ajouta qu'on ferait une grande fête. Très sensible à ces mots simples, Dan se mit à lui taper sur l'épaule en signe d'au revoir. Kougar tapa aussi et cela menaça de s'éterniser.

Une main, puis l'autre, sur les deux épaules. Les Indiens se mirent à rigoler. Dan arrêta pour saisir Irik et le soulever un peu.

– A mon retour je veux voir ton bras comme ça, hein? juré?...

Dan avait fait le geste de rejeter loin le bras en arrière. Irik cracha par terre pour sceller le serment.

– Je soignerai bien Eccluke, je la ferai courir, dit le jeune garçon.

Dan leva la main et lança les chiens. Le traîneau s'arracha de l'inertie comme une cassure.

C'est alors que monta vers le ciel plombé le hurlement d'agonie d'Eccluke. Le cœur de Dan s'en retourna à l'envers au fond de sa poitrine.

D'un geste incontrôlé, il lança son ancre autour du poteau de rambarde de la maison qu'il longeait et l'attelage fut stoppé net.

Eccluke hurlait toujours, le museau fin dressé vers le ciel. Il y avait dans cette plainte un mélange d'amour et de reproche. Eccluke annonçait sa mort pour abandon.

Mais, déjà, Dan ouvrait le chenil. Elle sauta dans ses bras et s'y fit si petite et si légère qu'il ne pourrait certainement que l'emporter avec lui. Il décrocha son harnais suspendu sous un auvent et elle fut absolument certaine qu'elle était du voyage.

Il la déposa sur le traîneau sans avoir besoin de l'attacher. Elle se dressa debout, face à lui, les pattes en appui sur les tendeurs des montants arrière. Dans cette position, elle tournait le dos à tout l'attelage. Sans doute pour mieux lui témoigner son mépris, pour mieux avouer son amour du musher.

Et, en regardant s'éloigner le traîneau, les Indiens eurent bien conscience qu'ils regardaient seulement Dan et Eccluke, compagnons du risque depuis longtemps, debout l'un en face de l'autre, avec ce léger balancement du corps que Dan imprimait en poussant sur sa seule bonne jambe.

En deux courtes étapes, Dan rejoignit Fairbanks. Il avait bivouaqué assez confortablement sous sa tente. Il ne tenait pas à pénétrer dans Fairbanks avec le traîneau et les chiens. Il resta au terrain d'aviation dans un coin de hangar.

Six jours seulement le séparaient du départ de la course. Bob avait acheté du pemmican (25 à 30 % de graisse et 65 % de protéines) sous forme de brique de faible volume. Pour soutenir un effort prolongé, les chiens devaient manger trois kilos par jour. Avec dix-huit chiens, cela faisait cinquante-quatre kilos.

Dan et Bob révisèrent leurs calculs. Dan ne pourrait pas emporter plus de trois jours de vivres pour les chiens, mais il essaierait d'acheter de la viande fraîche dans les villages. Un vétérinaire de Fairbanks lui conseilla également de mélanger, unc fois par semaine, de l'huile de foie de morue dans la nourriture.

Eléonore souhaita mille bonheurs à Dan parce que, prétendait-elle, « elle voulait revoir ses mille dollars plus les intérêts ».

Et le Pipper fit deux voyages pour transporter Dan et tout son cirque à Anchorage. Là encore, Dan décida de rester à l'aérodrome.

Bob l'installa dans un vieux hangar désaffecté, à l'écart, témoin des pionniers de l'aviation de tourisme dans ce pays. Il y avait encore un biplan desséché et une carlingue qui ressemblait à un très long canoë-kayak.

Dan ne voulait pas du tout se montrer en ville ni quitter les chiens. Il craignait qu'on les empoisonne. Avant de le quitter définitivement, Bob passa la tête par la vitre ouverte de son Pipper.

– Eléonore t'a joué gagnant et placé deuxième, lui cria-t-il.

Dan n'eut pas le temps de lui répondre qu'elle était folle. Les paris mutuels faisaient bourdonner les cafés, les restaurants et tous les lieux de réunion publique. A quarante-huit heures du départ, cette ruche grandissante engageait des paris personnels jusqu'à deux cent mille dollars.

Dan sourit à la pensée que, bientôt, la société le prendrait pour un cheval de course. Ce pays, après avoir connu la fièvre de l'or, entretenait son goût du jeu par tous les moyens. Le pire étant, évidemment, le pétrole : du moins c'est ce que Dan soutiendrait toujours.

Il faisait trotter ses chiens, les soignait et se couchait près d'eux, à même le sol. Eccluke se débrouillait pour être la plus proche.

Et, dans une aube de plomb argenté, il chargea

le traîneau et attela les chiens. Bull était sur le traîneau et Eccluke en tête. Avec de la nourriture pour deux jours, le traîneau supportait sa plus lourde charge. Mais, demain matin, il y aurait en moins ce que les chiens auraient mangé, c'est-à-dire cinquante kilos.

Il ne se pressa pas. Il voulait arriver juste avant la distribution des dossards. Il ne tenait pas à s'offrir à la curiosité. Il était régulièrement inscrit et rien que son nom sur les listes devait éveiller la rumeur.

A la ceinture de la ville, d'autres attelages glissaient déjà devant lui. Une fine couche de neige dure recouvrait la chaussée. Les traîneaux longeaient les voitures en stationnement et, dans les rues encore presque désertes, brûlaient les feux rouges. Le contraste entre les feux de signalisation et les antiques moyens de transport donnait à réfléchir.

La ville s'étendait en direction des monts Chugach et leurs masses neigeuses dominantes butaient contre le ciel plus sombre. Deux buildings émergeaient des maisons assez basses qui bordaient l'avenue principale. Les enseignes étaient éclairées, ainsi que la double rangée de lampadaires.

Le tirage au sort des dossards avait lieu au centre, devant une brasserie. Dan voyait la masse noire des gens. Certains officiels étaient sur une estrade. En hauteur, un calicot barrait la rue, signalant la ligne de départ.

Dès qu'un attelage arrivait, il était entouré,

détaillé par les spécialistes. Les parieurs évaluaient les chances de l'homme et de ses chiens. Des plaisanteries fusaient dans le froid. Mais le visage des mushers reflétait plus ou moins la même gravité, la même angoisse en face du long itinéraire. Il y avait le risque de crever quelque part, petit corps d'homme sur la piste. Un peu au-delà de l'attroupement, des chiens sautaient des boxes spéciaux aménagés pour eux dans des camionnettes de transport. Les traîneaux étaient descendus du toit. On mettait les harnais.

Tous les attelages trouvaient de l'aide. Quelqu'un dut prononcer le nom de Dan Murphy car le silence se saisit de l'assemblée et orienta les regards sur lui. Il attacha son traîneau à un lampadaire, hors de la portée d'autres chiens et, immobile, regarda les gens à son tour.

Quelques insolents s'approchèrent davantage et échangèrent sur son matériel des propos caustiques. Dan ne put s'empêcher de jeter un œil sur son traîneau, un basket sledge d'une forme ancienne, rafistolé avec des ligatures de cuir et, parfois, des plaques de fer-blanc.

Les croisés coyote, la tête baissée, la queue entre les jambes, le poil irrégulier, n'incitaient pas à parier sur eux, même à cent contre un à leur désavantage. Une voix prétendit qu'ils n'auraient pas la force de franchir les limites de la ville.

Les phrases malveillantes entamèrent leur ronde autour des oreilles de Dan. La course devait être réservée aux honnêtes gens. Aucun participant ne devait être jugé capable de tuer un autre musher pour arriver avant lui. En bref, la présence de Dan Murphy déshonorait la course.

Mais aucun règlement n'interdisait cette présence. Juste avant le tirage au sort, Dan dénombra trente-quatre équipages. Le plus choyé, le plus entouré était celui de Greg Harway. C'était le favori. Il avait gagné l'année précédente. Virginia souriait parfois, assez brièvement. Son regard croisa le regard de Dan. Il se contraignit à ne lui adresser aucun signe. Il aurait voulu lui dire qu'elle n'avait rien à craindre, qu'il ne tenterait rien contre Greg ni contre personne pour autant que sa propre vie ne serait pas menacée. Mais elle le savait sans doute.

Parmi les mushers, Dan avait reconnu Rocky Bent de Huslia, et Aklosik et George Smith. Le reste des types étaient tous des nouveaux visages, en dehors de Greg.

Dan ne savait pas qui était qui et il préféra qu'il en soit ainsi. Les souvenirs en commun étaient souvent un handicap, une souffrance parfois. Car, secrètement, Dan souffrait qu'un type comme Rocky Bent ne vienne pas lui serrer la main. Dan n'aimait pas qu'on lui « doive quelque chose ». En fait, Rocky lui devait beaucoup. Un hasard de la vie au bout duquel sa dette sentimentale envers Dan devint énorme. Et, aujourd'hui, Rocky se laissait piéger par l'ambiance. Il s'alignait sur le « monde ». Sur une honorabilité de code. Sur le pire des malentendus.

Dan hérita du dossard n° 7. Le chiffre magique. Les sept jours de la semaine, les sept couches de la peau, les sept péchés capitaux, les sept merveilles du monde, les sept couleurs de l'arc-en-ciel. Le chiffre clef des jeux de dés, le chiffre des mythomanes, donc celui des rêveurs.

Un type rappela brièvement une partie du règlement. Les règles de la course étaient fondées sur celles des vieux sweepstakes de l'Alaska. Les coureurs voyageaient et campaient à leur propre vitesse. Ils devaient apporter un équipement de survie. On leur demandait de s'arrêter à tous les points de contrôle établis tous les cinquante miles environ, où tous les chiens devaient être contrôlés. Les chiens incapables de poursuivre devaient être largués à ces points de contrôle. Un coureur qui larguait un chien à un endroit qu'il ne pensait pas être un point de contrôle devait revenir en arrière pour lui, s'il voulait éviter la disqualification. Les chiens largués étaient regroupés par le comité, soit au départ, soit à l'arrivée.

Pour le départ, la police avait coupé la circulation dans l'artère centrale que les traîneaux emprunteraient pour sortir d'Anchorage.

Greg Harway portait le dossard n° 3. Les coureurs démarraient toutes les deux minutes. Chacun des attelages bénéficiait de l'aide de plusieurs amis qui le retenaient sur la ligne de départ.

Les chiens énervés par le compte à rebours se jetaient en avant, imprimant de furieuses tractions sur la longe centrale. L'arrêt net du traîneau bloqué projetait chaque chien en l'air.

C'était beau de voir le corps des chiens se décoller du sol en chandelle. Au top les amis lâchaient le traîneau et il subissait le choc des deux cent cinquante kilos de traction par chien.

Les attelages étaient de seize chiens minimum. Le plus long comptait vingt-cinq chiens. En moyenne, chacun des traîneaux était arraché par une force de cinq mille kilos.

Dan n'avait personne pour retenir son traîneau. Comme le nº 6 était sur la ligne de départ, Dan fit tourner son traîneau. Personne ne se poussait pour lui en laisser vraiment la place. Il tenait Eccluke par le harnais à seule fin d'imprimer un virage plus court à son attelage. Ce faisant, il passa près de Virginia, à frôler son corps. Il lui sembla qu'elle avait posé sa main, au passage, sur son épaule, mais il n'en était pas absolument certain.

Il attacha son traîneau à un autre lampadaire et se remit à tenir Eccluke par le harnais.

Le nº 6 venait de partir, Dan disposa ses dix-sept chiens vers la ligne de départ. Mais la fixation de son traîneau ne permettait pas à Eccluke d'atteindre la ligne. Il manquait quelques mètres. Des rires montèrent, étayés de quelques réflexions du genre « la course n'est pas assez longue pour le célèbre Dan Murphy ».

Le compte à rebours était commencé. Les chiens tiraient sur les attaches, ce qui tendait la sangle qui reliait le traîneau au lampadaire. Dan se porta vers les chiens pour les calmer et, à dix secondes du départ, les chiens ne bougeaient plus. Assis sur le traîneau entre Dan et les bagages, Bull regardait fièrement autour de lui.

Dan attendit le top pour détacher le traîneau. L'assistance se mit à fluctuer et, lorsque les chiens démarrèrent paisiblement, au trot, la joie méprisante secoua les gens. C'est avec cet accompagnement en forme de glas que Dan entama l'Iditarod.

C'était le 3 mars, dans une clarté qui n'en finissait pas de percer et qui n'annonçait guère plus d'une heure d'un soleil pâlichon aux environs de midi.

## JOURNÉE DU 3 MARS

Au cours des douze premiers miles, près de Eagle River, Dan dépassa cinq mushers partis avant lui. Sur les sept, il en restait encore un : Greg Harway.

Les chiens de Dan n'avaient ni couru ni marché. Ils avaient soutenu le trot du départ, cette cadence qui avait plié de rire la population. Au bout de quelques kilomètres, les attelages partis comme des fusées s'étaient mis à marcher et Dan avait refait son retard.

Maintenant il apercevait Greg en haut d'une légère déclivité. Il le voyait même courir derrière son traîneau.

Dan poussait sur sa jambe valide. Il prolongeait le mouvement dans une cadence lente qui se mariait bien avec le trot des chiens. Bull avait manifesté le désir de reprendre sa place en tête à l'aide de soubresauts sataniques sur le traîneau. Puis il avait cessé de tirailler sur sa courte laisse.

Greg s'était retourné et, à la vue de Dan, il avait accéléré sa course. Ce n'était guère raisonnable, à quelque vingt dures journées de l'arrivée.

La passion est une dangereuse conseillère. Dan parlait calmement à ses chiens. Eccluke tournait parfois la tête vers lui. Il leur disait que ça serait long et terriblement difficile, mais qu'ils y arriveraient sans doute.

Depuis Eagle River, la distance qui le séparait de Greg avait diminué. Soudain il le vit bifurquer. Il lui sembla que Greg se trompait. Mais il n'y avait plus vraiment de traces ni de signalisation. L'armée devait mettre des repères. Seulement, lorsqu'il n'y avait pas d'arbres, personne ne savait où fixer la signalisation.

Il y avait des routes tout autour et des chemins enneigés. Dan continua à tirer droit devant tandis que Greg obliquait sur sa gauche.

Parfois il n'y avait plus du tout de neige, et alors des bouts de route apparaissaient. Il y avait aussi des vastes secteurs de neige fondue et craquelée. Dan hésitait à protéger les pattes de ses chiens avec les petites bottes de cuir. Il se disait que, beaucoup plus au nord, les aiguilles de glace l'attendaient et que les bottes de cuir devaient être intactes à ce moment-là.

Dan fut appelé à son tour à modifier sa direction. Son instinct le guidait et aussi les traces les moins mauvaises. Le souci d'économiser les pattes des chiens était si grand qu'il en arrivait à imposer la direction.

Aklosik, qui était parti avec le n° 13, doubla le traîneau de Dan et, deux heures plus tard, Dan le retrouva grâce au hasard des changements de direction.

Au cours de cette étape qui s'avéra désastreuse, Dan parcourut vingt miles de plus que la distance réelle. Il dépassa Aklosik six fois de suite. La dernière fois, ce fut près du pont de Knick River.

Trois ou quatre miles après Knick River, Dan dut abandonner un des croisés coyote à un contrôle. Il en profita pour inspecter minutieusement tous les autres. Il y avait trois hommes au contrôle devant un bâtiment isolé. C'était une de ces haltes qui avaient servi jadis au jalonnement de la ligne postale.

L'un des hommes était très âgé. Il suivait tous les gestes de Dan.

– M'est avis que vous avez encore cinq chiens d'à moitié foutus, dit-il du bout de ses lèvres craquelées.

Pourtant, il ne s'était pas approché de l'attelage. Mais il avait dû tellement sillonner les pistes qu'il connaissait à peu près tout sur cette question.

Et Dan savait que sa réflexion était juste. Elle venait de préciser ce qu'il avait constaté sans vouloir se l'avouer nettement. La politique de l'autruche.

On accrocha le numéro dc son dossard au cou du chien qu'il abandonnait. Dans cette aventure il n'était plus que le n° 7 qui reprenait la piste avec un chien de moins. Dan se risqua à demander où en étaient les autres, mais personne ne lui répondit. Il enregistra néanmoins le signe négatif que le vieux lui fit de la tête. Cela voulait-il dire que personne n'avait encore franchi ce contrôle ou, au contraire, que ça n'allait pas pour Dan et qu'il était le dernier?

Il distribua un peu de nourriture aux chiens. Pour son compte, il croqua quelques tablettes de vitamines et changea Bull contre Eccluke. Comme elle entamait une sarabande sur le traîneau, il lui balança deux ou trois coups de manche de fouet.

Il y avait une prime de mille dollars pour celui qui franchirait le premier la ligne d'arrivée à Knick, fin de cette première étape.

Dan, ignorant toujours s'il était le premier ou le dernier, avançait de sa même cadence de trot. La perte du croisé coyote ne se faisait pas sentir.

Un des quatre huskies de Sibérie commençait à boiter. Dan ne le quitta plus des yeux, espérant que le mal ne s'aggraverait pas avant le repos de la nuit.

L'approche de Knick se signala d'abord par quelques maisons. Puis, sur un panneau de bois soutenu par deux piquets, Dan lut l'annonce du prochain poste situé à deux miles de l'arrivée à Knick.

Un des éclaireurs assis sur son skidoo le doubla dans un bruit infernal. Dan pensa que ce type connaissait le classement exact et le donnerait aux parieurs massés à Knick. On avait le droit de modifier les premiers paris pendant une partie de la course. Sur la fin on pouvait prendre de nouveaux paris, mais, évidemment, les cotes étaient moins intéressantes. Il n'y avait qu'un ou deux risque-tout pour parier contre un traîneau qui avait plusieurs heures d'avance à une journée de Nome, la fin du parcours. Et pourtant, jusqu'à un mile de l'arrivée, tous les renversements étaient possibles.

Le husky souffrait. Il trottait sur trois pattes. Il était pitoyable, mais Dan ne pouvait pas s'arrêter. Il ne pouvait pas atteler Bull à sa place sous peine de déclencher une bataille générale. Et il n'y avait plus de place sur le traîneau. Le sol était plat, pas tellement mauvais, et le husky laissa malgré tout passer les premiers gémissements. Ils s'accentuèrent jusqu'à revenir à chaque mouvement du train arrière.

Cela donnait envie de soulever le chien pour qu'il ne progresse que sur les pattes de devant. Dan ne pouvait se permettre cette plaisanterie.

Au contrôle, il abandonna le chien. Cela faisait deux sur dix-huit. Deux chiens hors de combat en une seule journée.

Comme il réorganisait l'attelage, Greg Harway arrivait au contrôle. Son attelage était complet. Mais il avait visiblement forcé les chiens pour rejoindre Dan. Il demanda aux types du poste quels attelages étaient devant. A lui, ils répondirent. Personne n'était passé avant eux.

Dan repartit le premier. Il restait deux miles avant cette prime de mille dollars. Lorsque Greg le doubla, la langue de ses chiens touchant presque le sol, Dan se demanda si cela valait vraiment le coup de dilater le cœur des chiens pour la prime. Toucher mille dollars en hypothéquant les cinquante mille du final.

Dan refréna son envie de lutter au coude à coude. Il avait tout basé sur ce principe du trot. Il ne devait céder à aucune autre tentation.

Un autre attelage le rattrapa. Le n° 6. Mais à peine l'avait-il doublé que les chiens passèrent de la course au pas. La différence était tellement grande que Dan eut l'impression que ce traîneau venait de s'arrêter.

Il le doubla et s'aperçut qu'il revenait sur Greg. Il ne pouvait en juger, mais les chiens de Greg marchaient eux aussi.

A deux cents mètres des mille dollars, Greg tenta de relancer les chiens. Il dut se contenter d'un mauvais trot et Dan le doubla tranquillement.

Greg n'avait pas besoin de cette prime et il se foutait pas mal que n'importe lequel des mushers en course la gagne. Sauf Dan Murphy.

Il ne voulut pas assister à la remise de cette prime et rejoignit le terrain encerclé des baraquements réservés aux attelages et aux hommes. Mais, furieux, il distribua de la nourriture à ses chiens sans les dételer.

Lorsque Dan arriva, il comprit que Greg continuerait son chemin dans la nuit pour prendre de l'avance. Au fur et à mesure que les attelages se regroupaient au campement, Dan remarqua que l'idée de continuer en visitait plus d'un. Pour son compte, il soigna ses chiens et installa sa couche sur le plancher d'une baraque.

La nuit tomba. Une des plus noires. A l'aide d'une lampe frontale, il détailla les pattes de tous ses chiens. Deux autres huskies étaient blessés. Il se mit à réfléchir. S'il repartait demain avec eux et qu'ils s'écroulent avant un poste officiel, il devrait abandonner la course. S'il s'en séparait ici même, à Knick, alors que ces deux chiens pouvaient récupérer tout en trottant, il se privait bêtement de deux chiens.

Accroupi près de sa meute, il pesait les risques, les chances. Et, dans la nuit profonde du campement, il vit démarrer plusieurs attelages. Greg le premier. Et puis Rocly Bent et Aklosik et George Smith.

A la fin il prit les deux huskies au bout d'une laisse et marcha vers les lumières d'une grande maison de pierre, à une centaine de mètres de là.

Le rez-de-chaussée aménagé en café-brasserie-taverne et un peu tout ce qu'on voudrait donnait l'impression qu'une locomotive à vapeur venait de traverser cette salle dans toute sa longueur.

Les lumières suspendues déchiraient à peine la fumée. L'assemblée parlait haut. Surtout d'argent. Dan franchit le seuil avec ses chiens et demeura près de l'entrée pour s'habituer à l'ambiance.

Un énergumène se débattait devant un grand tableau noir et les rangées de chiffres s'allongeaient devant le nom de chaque musher. Dan constata qu'en face de son nom il n'y avait que deux chiffres assez maigrelets.

Il reconnut finalement un des contrôleurs et

lui demanda où il pouvait laisser les chiens incapables de continuer la course. Le type extirpa deux cartons de sa poche. Il les fixa autour du cou des chiens avec le n° 7 du dossard de Dan et le nom de la ville où on devait expédier les chiens après la course.

Dan comptait les récupérer à Nome si le sort l'aidait à rejoindre ce terminus. Le type pria d'aller mettre les chiens dans un box situé à l'arrière du bâtiment. Là-dessus, il s'enfila une bière de plus. Il y avait un fort tonnage de viande saoule et, avant l'aube, le sang coulerait certainement.

Dan ressortit sans qu'on lui eût prêté la moindre attention. Les deux huskies, qui en avaient marre de marcher, furent très heureux de se coucher dans le box. Dan balaya le secteur de sa lampe. La présence d'une dizaine de chiens témoignait que d'autres attelages avaient eu des difficultés.

Dan avait perdu trois chiens en un seul jour et il restait environ dix-huit étapes. Il sourit en pensant qu'il finirait peut-être en tirant lui-même le traîneau.

Il arriva entre les baraquements qui abritaient les mushers en même temps que Greg Harway. Il s'était perdu. Il avait tourné en rond dans la nuit pour retomber sur Knick et il jurait comme un capitaine de marine dans un dessin animé. Quelques mushers soignaient encore leurs chiens, une lampe fixée à leur front pour éclairer les points précis en libérant leurs mains.

Greg s'arrêta et distribua quelques coups de

pied à son traîneau et à ceux de ses chiens qui n'eurent pas la sagesse de s'écarter de sa colère. Mais il ne se décida pas à dételer. Dan le jugeait assez têtu pour tenter une nouvelle sortie. Il se présenta à lui spécialement pour aviver ce goût de fiel qu'il provoquait dans son organisme. En le voyant, Greg déclara tout net qu'il était « encore capable d'aller plus loin qu'un infirme, qu'un sale fumier de bancal assassin, etc. »

– Pas ce soir, dans tous les cas, glissa Dan en passant.

Ses chiens étaient calmes. Le chien polaire forme un tel bloc immobile lorsqu'il se repose qu'on ne peut savoir s'il dort vraiment ou pas. Dan guetta un peu derrière sa vitre et il eut bientôt la vive satisfaction de voir redémarrer Greg, soutenu par la hargne.

Dan s'allongea sans trouver le sommeil. Ça ne l'inquiétait pas. Il dormirait lorsqu'il se sentirait davantage engagé, enfoui dans cette course, tiré vers le nord, Bering et la banquise qu'il adorait. Pureté de la glace tranchée nette, hostilité naturelle sans la moindre compromission. Et, là-dessus, la majesté de l'ours blanc.

Ses souvenirs l'entraînèrent assez tard pour entendre le retour de Greg. La nuit l'avait rejeté sur Knick comme la marée rejette les épaves. Dan pensa que le long itinéraire scrait parsemé de quelques joyeux moments.

# JOURNÉE DU 4 MARS

Dan redémarra environ vers cinq heures. Il savait, pour l'avoir entendu, qu'un attelage était parti un peu avant lui. Mais il ne savait pas lequel. Et, en quittant ce secteur de baraquements, il entendit les préparatifs d'un autre attelage, entre deux parois de planches.

La piste était meilleure que celle de la veille. Dan pensa que le vieux du contrôle qui lui avait dit que cinq de ses chiens étaient foutus s'était trompé. Le traîneau glissait bien et le trot des chiens était souple.

Rocky Bent n'avait dépassé Knick que de cinq miles. Il se réveillait à peine lorsque Dan arriva sur son campement. Il avait campé n'importe où, mal protégé du vent. Il n'avait eu aucun bénéfice à vouloir prolonger l'étape Anchorage-Knick.

Il regarda passer Dan. Ils étaient seuls, débarrassés du regard des gens, de la société avec ses barèmes. Dan avait pris le temps de bien le détailler. Les deux pieds sur les patins du traîneau, il laissait flotter son regard sur cet homme qui lui avait dit un jour : « Aussi longtemps que je vivrai, je te devrai toujours quelque chose. »

Dan aurait simplement voulu une poignée de main, dans cette aube, face aux gens d'Anchorage.

Et là, agenouillé sur son campement, Rocky Bent leva lentement son bras pour saluer. Si Dan s'était arrêté, il l'eût sans doute chaleureusement accueilli. Mais Dan répondit sans s'arrêter.

Devant lui, les traces fraîches d'un traîneau se déroulaient. De légers mamelons raccourcissaient la visibilité. Il espéra que ce n'était pas le traîneau de Greg. Il se disait qu'à la longue Greg lui chercherait sans doute des histoires. Ça compliquerait tout et, vis-à-vis de Virginia, Dan voulait l'éviter.

Il rattrapa l'attelage dans le creux d'un petit vallon. C'était le n° 9 et il ne le connaissait pas. Les chiens trottaient aussi mais comme, chez eux, il ne s'agissait que d'une allure de transition, le trot était moins régulier, moins efficace que celui de l'attelage de Dan.

Il le doubla à la sortie du vallon et arriva bientôt en vue du campement de deux mushers. Ils n'avaient guère dépassé Knick de plus de vingt miles. Dan reconnut Aklosik et George Smith. Ils faisaient chauffer leur café sur un feu clair. Leur campement se situait le long d'un bois. Ils avaient dû commencer à casser des branches pour faire des litières aux chiens et l'obscurité les avait sans doute découragés. Les branches traînaillaient autour du campement.

Ils saluèrent Dan du plus loin qu'ils le reconnurent. Aklosik leva son quart en aluminium pour l'inviter à boire le café, et George Smith stoppa Bull, le groenlandais, par le harnais.

Dan fixa le traîneau à un arbre et serra les mains. Il crut se souvenir que les deux hommes travaillaient dans l'industrie du bois. Dan et eux s'étaient rencontrés dans la célèbre course du « Rendez-vous » à l'époque des fêtes du marché de la fourrure à Anchorage.

Ça remontait à presque dix ans. Ils confirmèrent qu'ils turbinaient toujours dans le bois. Mais ils pensaient au pétrole qui payerait mieux. Libérés par la grande nature environnante, ils ne s'embarrassaient plus du passé de Dan. L'amitié réchauffa Dan davantage que le café brûlant. Ils bavardaient en oubliant la course. Smith prétendait que, sur cette distance, quelques heures, « ça allait et venait ».

Le nº 9 les redoubla. Aklosik le connaissait. Il s'appelait Leavey et il était armurier à Fairbanks.

– Il vient chaque année et il termine avec deux jours de retard.

Lorsque Rocky Bent se pointa, petit trait horizontal le long des bois verticaux, Aklosik et Smith interrogèrent Dan du regard. Il acquiesça et ils invitèrent Rocky à boire le reste du café. Il s'arrêta et Dan sentit, dans sa poignée de main chaleureuse, que Rocky éprouvait un réel besoin de balayer sa lâcheté vers Dan.

Et Dan fut heureux de lui accorder cette possibilité.

– Le gosse va très bien, annonça Rocky.
– Tant mieux, fit Dan.
Il y eut une gêne aussi perceptible que le vent qui se levait.
– En ce moment il travaille en Italie. Ils font des fouilles dans le Sud. Il ne t'a jamais oublié, tu sais!
Rocky Bent avait parlé plus fort à la fin.
– Moi non plus, fit Dan.
Il regardait le fond de son café. On sentait que Rocky cherchait à se décharger d'un énorme poids.
– S'il avait été là pendant ton histoire, il serait venu, tu peux en être sûr, il serait venu te voir à...
Il suspendit la phrase.
– ... la prison, compléta Dan.
– C'est ça, oui!... à la prison!... cria-t-il presque.
Dan lui fit la charité de ne pas lui demander pourquoi lui, Rocky, le père, n'était pas venu le voir à la prison à la place de son fils.
Aklosik et Smith échangèrent quelques plaisanteries militaires sur le gnouf, et de rigoler fit du bien aux quatre hommes.
Dan regardait la nature autour de lui. Le café gelait déjà au fond du gobelet... Il se leva lentement et le vent assaillit sa taille assez haute.
– Bon Dieu, j'aurais dû venir aussi, prononça Rocky d'une voix sourde.
Dan lui posa une main sur l'épaule.
– Ça ira, lui dit-il seulement.

De dos, il remercia pour le café et s'approcha de son traîneau.

– Si tu as besoin de quelque chose, n'hésite pas, dit encore Rocky.

Dan détachait le traîneau. Les chiens se secouaient pour se dégourdir le sang.

– Dans cette course on aura tous besoin de quelque chose, dit-il en montant sur les patins du traîneau qui démarrait.

Rocky serra ses deux mains l'une contre l'autre, agitant cette prise dans l'air glacial. Son fils devait la vie à Dan Murphy. Une histoire idiote d'artère fémorale sectionnée par les patins aiguisés d'un skidoo. Et Rocky, sans doute à cause de sa petitesse en face de cette sacrée course, ne voulait plus jamais oublier de sa vie la lucidité de Dan dans l'action, son esprit d'analyse, sa connaissance d'un peu tout qui avaient sauvé la vie du gosse. Il souhaita bêtement qu'il arrive un coup dur à Dan pour qu'il puisse le sortir du pétrin.

Une tendre sollicitude dont Dan pouvait effectivement se passer.

Maintenant il savait que la course lui avait déjà rapporté mille dollars et le bonheur de retrouver des hommes. Il avait donc eu raison, jusque-là, de beaucoup espérer de cette épreuve. Il savait aussi que Greg était encore derrière lui.

D'après Smith et Aklosik, le n° 9 était tout seul devant. Et le trot de l'attelage de Dan se poursuivait, rapide, avec un petit côté inlassable, assez réconfortant.

Dan évitait d'être mouillé de chaud. Au pied de chaque montée qui menaçait d'être longue, il enlevait un vêtement et ainsi il ne transpirait pas. Ses vêtements ne risquaient donc pas de geler.

En s'approchant de Skwentna, un autre de ses huskies se mit à boiter. Dan repensa à la prédiction du vieux routier. « Cinq chiens foutus », avait-il dit. Avec celui-là, ça ferait quatre.

Pourtant la piste était bonne. Il y avait bien un peu d'eau depuis maintenant trente miles, mais cela n'abîmait pas les pattes des chiens. Il avait fallu cette saloperie de première étape pour entamer les coussinets de cinq chiens. Quatre de sûr, en tous les cas, le boitillement du husky s'accentuant.

L'eau obligea Dan à changer de bottes. Il changerait avant qu'elles ne s'imbibent trop et gèlent. Cette halte ne servit en rien au husky.

Le vent n'avait pas forci mais pas diminué non plus. Il soufflait sur la surface de la piste en effaçant les traces suivant sa vieille habitude. Grâce à la forêt, l'itinéraire ne posait aucun problème. L'armée avait accroché des repères à profusion. Par endroits, on aurait dit une kermesse.

Au contrôle, à l'entrée de Skwentna, Dan abandonna le husky avec la fameuse étiquette autour du cou.

Comme il donnait à manger aux chiens trois fois dans la journée, il s'allégeait d'autant et la perte des quatre chiens ne se faisait pas sentir.

La preuve en était que, s'il n'avait pas encore rattrapé le nº 9, personne ne l'avait rejoint non plus. Et il était toujours second de ce classement général.

Depuis Knick il avait parcouru quatre-vingt-trois miles. Il préféra dépasser Skwentna. Le jour faiblissait. Il avait une chance de dresser son campement à quelques miles, seul, c'est-à-dire tranquille.

Il s'arrêta un peu avant dix-neuf heures, sept miles après Skwentna. Il amarra le traîneau, dételа les chiens. Bull et Eccluke s'étaient partagé l'étape et ils étaient dans une forme splendide. La surcharge de leur présence alternative sur le traîneau ne serait pas un handicap. Bien au contraire.

Il travailla vite à couper des branchages. Il aurait pu se raser avec sa hache. Pour les quatorze chiens il fallait pas mal de branches superposées. Dan tenait à ce que les chiens puissent se sécher.

Avant la nuit totale il avait empilé des branches en suffisance. Il les répartirait plus tard. Il prépara d'abord la nourriture. Un chien polaire peut manger des aliments gelés et coucher sur la glace. Mais si les aliments sont tièdes et qu'on isole le corps du chien de la glace, il peut supporter un plus long effort, répété chaque jour.

La neige fondait dans la marmite quand survinrent trois attelages. La lumière du bivouac de Dan les stoppa. La rudesse du climat et de l'espace incite à prendre la moindre lueur pour un refuge ou peut-être un ami.

En les entendant parler, Dan reconnut la voix de Greg Harway. C'est lui qui décida pour les autres de passer la nuit là. Des lampes léchèrent le campement de Dan et un des types annonça le n° 7.

A partir de ce moment, Dan sentit que les types se concertaient. Dan, assis, mélangeait les aliments dans l'eau tiède. Il entendit le craquement des branches que les types cassaient pour les litières.

– Hé! J'en ai trouvé un tas de toutes prêtes, dit l'un d'eux.

– C'est à moi, indiqua Dan.

Il n'avait presque pas bougé. Il ne se redressa qu'en les voyant s'accaparer son tas de branchages. Greg se dressa devant lui, une carabine courte à la main.

– On ne va pas discuter avec un type comme vous, menaça Greg.

Une lampe éclaira le visage de Dan. Il sentait un type derrière lui et un autre sur le côté.

– On peut te faire ce que tu as fait à quelqu'un un jour, dit celui de l'arrière.

– Je n'ai jamais volé la litière d'un camarade de course.

– Mais nous on n'est pas tes camarades, ricana le troisième.

Dan pensa que George Smith et Aklosik campaient à Skwentna. Il était seul en face de trois cinglés sûrs d'eux-mêmes et du peu que lui, Dan, représentait sur cette terre.

Il se détourna sans répondre et nourrit ses chiens. Il se força à absorber quelques aliments. Il sentait les types aller et venir autour de lui. Il jugea inutile de se couper d'autres branchages. Il était trop tard. Il ne voulait pas se fatiguer davantage. Il déchargea le traîneau pour s'y étendre. Il lui faudrait veiller pour protéger ses chiens contre un mauvais tour.

Lorsqu'il arma d'un coup sec sa carabine 30-30, les autres se turent. Dan venait d'engager une balle dans le canon de son arme et ça pouvait devenir n'importe quoi.

Un silence malveillant enroba les mushers. Dan se glissa dans son sac de couchage. Un bon sac était ce qu'il y avait de plus important. Celui de Dan était spécialement bien doublé et il y avait ajouté une couverture.

Dans ses nombreux voyages par étapes, il avait appris que l'on ne pouvait pas avoir chaud en dormant tout habillé avec des chaussettes. Elles sont souvent mouillées. Si vous les gardez aux pieds, elles restent humides. Il faut les enlever et les placer dans le sac de couchage, le long de votre corps. Elles y sécheront.

Dan avait placé sa carabine légèrement de biais, le canon surélevé, pour le saisir plus facilement. Il était prêt à tuer pour protéger ses chiens.

Il s'assoupit sans vraiment dormir. Il regarda l'heure plusieurs fois. Le temps s'écoulait, long et court d'une manière très inégale. Après quelques fanfaronnades sur l'issue de la course, les autres avaient dû s'endormir. On voyait la tache claire d'une petite tente. Sans doute celle de Greg.

Dan pensa que le déclic de son arme les avait dissuadés. La paix armée avait du bon.

# JOURNÉE DU 5 MARS

A deux heures trente du matin, Dan calcula qu'avec les préparatifs, il pourrait repartir à quatre heures. Il avancerait de nuit et pourrait donc s'arrêter plus tôt l'après-midi. Il installerait alors son nouveau bivouac de jour, plus confortablement. Cette méthode était certainement meilleure.

Il s'extirpa donc de son sac de couchage. Il nourrit et attela ses chiens dans un silence presque total et s'octroya du café, des biscuits et des fines tranches de lard.

Il disparut dans la nuit, laissant Greg et les deux autres isolés par un sommeil lourd, celui qui précède des réveils difficiles, lorsqu'on voudrait dormir encore et qu'on doit partir au boulot.

Deux miles plus loin, toujours dans la nuit, Dan doubla le n° 9. Il avait dressé une toile de tente devant son traîneau pour s'abriter davantage. Il dormait encore.

Dan, qui n'avait vu personne le doubler pendant la nuit, était donc certain de marcher en tête. Bull était sur le traîneau et Eccluke dirigeait l'attelage. Elle passait une meilleure journée quand elle tirait dès le départ.

Avant le jour, Dan franchit une série de montées assez sévères et, dès que la nuit recula, la mauvaise qualité des traces devint une évidence. Il y avait des endroits dévastés. L'armée allait et venait pour essayer de refaire la piste. C'était la seule solution.

Après avoir franchi une petite bosse, un husky se mit à boiter. D'abord tous les dix mètres. Et puis tous les cinq mètres.

« M'est avis que vous avez cinq chiens de foutus », la phrase du vieux s'avérait plus exacte qu'une montre suisse.

Le prochain contrôle était encore loin. La piste se mit à zigzaguer dans la forêt. Pour slalomer entre les arbres, Dan mit l'attelage au pas. Ce qui aiderait le husky boiteux. Dans certaines montées étroites, le traîneau penchait de droite à gauche et Dan utilisait une grande partie de sa force à le maintenir droit. Il fallait également pousser pour aider les chiens. Et les zigzags coupaient l'élan, empêchant d'attaquer les montées directement.

Dan levait souvent la tête vers le ciel car, au cours de cette journée, Bob Leeve devait le ravitailler. Mais, dans cette forêt, Bob ne le verrait pas. Il avait rendez-vous à Houston Pass dans la matinée.

Bob aurait certainement l'idée de survoler la piste depuis Skwentna. Dan espérait donc qu'il pourrait se poser et prendre le husky blessé.

Dan respira en sortant de la forêt. La visibilité revenait mais le husky souffrait de plus en plus.

Mais il ne se plaignait pas. Sa corde de traction restait molle. Il ne suivait plus le rythme. Il ne gardait plus les distances et, gêné, le chien qui trottait juste derrière lui le mordit cruellement.

Se sentant fautif, le husky blessé ne répondit pas à cette attaque. Il tenta courageusement de reprendre sa place. Sa corde se tendit l'espace de quelques mètres et redevint molle.

Et encore les crocs de l'autre. Dan profita d'une nouvelle montée et stoppa l'attelage. Le contrôle était encore à plus de vingt miles. Le husky ne pouvait marcher jusque-là.

Et dans le ciel laiteux, le Pipper de Bob n'apparaissait pas. Dan fit descendre Bull du traîneau et l'attela devant Eccluke, à quelques mètres d'elle pour qu'elle ne puisse l'atteindre. Et il installa le husky blessé sur le traîneau. Les coussinets de sa patte avant droite étaient ouverts comme un fruit mûr tombé d'un arbre.

Eccluke, furieuse, se jetait en avant pour agresser Bull. Et elle rebondissait en l'air, bloquée par sa laisse trop courte.

Dan relança l'attelage et il lui devint immédiatement impossible de le faire trotter. Bull galopait pour tendre sa corde, aiguillonné par la férocité d'Eccluke, et cette dernière tirait sur sa longe au maximum de sa vitesse pour essayer vainement de rattraper Bull.

Les autres chiens sprintaient aussi, emportés par cette cadence. La pente n'y faisait rien. La rage d'Eccluke était plus forte que la pente. Sur le plat, le train d'enfer s'accentua. Debout sur les patins du traîneau, Dan ne pouvait qu'attendre la fin de la crise. Mais il savait aussi que, dans cet excès, un chien pouvait mourir foudroyé. Ces chiens pouvaient courir jusqu'à ce que leur cœur éclate comme une grenade. Une mort d'athlète.

Le train diminua progressivement au fil des kilomètres. Dan n'était pas content de l'avance qu'il prenait. Il la paierait trop cher. Les chiens couraient moins vite mais ne se décidaient pas encore à reprendre le trot.

Le poste de contrôle était en vue, à l'entrée du village. Dan appuya sur son frein. Les dents d'acier s'enfoncèrent dans le sol dur. Mais Eccluke, bavante, s'en foutait pas mal, elle espérait toujours rejoindre Bull et le tailler en pièces.

Dan avisa le poteau de bois d'une vieille ligne téléphonique et lança son harpon qui s'y agrippa, bloquant le traîneau. Avec son husky blessé, il franchit à pied la centaine de mètres qui le séparaient du poste.

Le village devait abriter quelques forestiers. L'hiver, les routes étaient coupées. On ne se déplaçait qu'en scooter des neiges et en avion. Dan fut accueilli par deux hommes et une femme qui pointèrent son passage et recueillirent le husky. La femme avait la taille d'un homme. Assez jeune, les lèvres de son visage étaient bien modelées. Dan pensa qu'elle attendait peut-être un musher pour l'encourager.

Il leur demanda s'ils avaient vu un avion, un Pipper bleu. Ils n'avaient rien vu et la femme l'accompagna jusqu'à son traîneau.

Elle était bien vêtue de fourrure assez richement travaillée. Dan se confirma dans l'idée qu'elle attendait un musher et qu'elle tenait à le renseigner sur l'état de fraîcheur de tous les attelages concurrents.

Elle fit remarquer à Dan qu'il avait treize chiens et lui demanda s'il n'était pas superstitieux.

– Qui attendez-vous? questionna Dan sans détour.

Surprise elle le détailla mieux de ses yeux gris.

– Vous êtes Dan Murphy, n'est-ce pas?

Il acquiesça en essayant de calmer Eccluke qui pensait toujours à mordre Bull. Pour la punir de son comportement, il la réinstalla sur le traîneau.

– J'attends Jacques Loff, le n° 8.

– Je ne l'ai jamais vu, dit Dan.

Elle regarda dans la direction de la piste comme s'il allait survenir.

– Pourtant c'est lui qui va gagner cette course, fit-elle avec assurance.

– Tant mieux pour lui.

Il libéra le traîneau, Bull en tête.

– Bonne chance quand même, lança-t-elle.

Les chiens avaient repris leur trot habituel et le traîneau glissait vers Houston Pass. Dan l'aidait à intervalles réguliers de la poussée de sa jambe valide.

Et quand le bourdonnement infime d'un moteur d'avion égaya la solitude, Dan faillit attraper un torticolis pour l'apercevoir. Le bruit s'amplifiait et le ciel gris blanc, d'un coton sale, gardait toujours l'avion prisonnier.

Lorsque Dan le découvrit, le Pipper de Bob était déjà là, le saluant d'une aile sur l'autre. Il se posa gentiment.

– D'après ce que tout le monde sait, tu es le premier! s'exclama Bob dans une accolade frénétique.

– La ligne d'arrivée est encore loin, répondit Dan.

Bob déchargea la nourriture pour les chiens.

– Mais... il t'en manque, dit-il en regardant l'attelage.

– On le dirait, sourit Dan.

Il chargea donc moins le traîneau. Bob faisait tinter au bout de ses doigts une paire de crampons à huit courtes pointes.

– Cadeau d'Eléonore. Elle dit qu'avant le Pacifique il y aura des pentes de glace... elle dit qu'il n'y a pas assez de neige cette année.

– Qu'est-ce que ça te fait d'avoir une femme qui a toujours raison? demanda Dan en prenant les crampons.

Bob affirma qu'il s'y était habitué.

Rapidement, ils ne trouvèrent plus rien à se dire. Dan n'était plus dans le monde. Il n'était que dans cette course. Leur prochain rendez-vous était le 8 mars, à McGrath.

Le Pipper survola un peu le traîneau et l'abandonna à sa lutte, cette usure de l'homme et des chiens contre le grignotage des kilomètres.

Dan s'arrêta vers trois heures de l'après-midi à six miles de Rainy Pass Lodge. Il s'écarta de la piste, rentrant dans un bois, pour installer son bivouac hors de la vue des autres mushers.

Il augmenta la dose de nourriture pour les chiens car il avait constaté qu'ils maigrissaient.

Il prépara une bonne litière pour eux et pour lui avec du bois sec pour le petit déjeuner.

Et il s'endormit sans avoir été rattrapé par personne.

## JOURNÉE DU 6 MARS

Le petit réveil sonna à deux heures trente du matin. Dan ouvrit les yeux dans le froid immuable. Il n'y avait pas de vent. Lorsqu'il bougea, Eccluke bougea aussi.

Il ne savait plus s'il était le premier ou non. Un ou plusieurs attelages avaient très bien pu le dépasser en fin d'après-midi ou dans la nuit.

Il graissa les pattes des chiens – elles étaient toutes en très bon état –, augmenta aussi leur ration habituelle du matin et plia le bivouac. Ce qui lui prit une heure trente. Il refaisait les mêmes gestes, sans réfléchir.

Rainy Pass Lodge était à cinq ou six miles et, quand il y arriva, les gens se levaient à peine. On les voyait sortir de leur maison chaude et vérifier d'abord si le moteur de leur véhicule démarrerait ou pas. C'était une grosse préoccupation pour ceux qui n'avaient pas de garage.

Un grand diable qui venait d'enlever le paquet de vieilles couvertures posées sur le moteur d'un petit camion salua Dan et l'invita à déjeuner. Dans ce pays, un peu de nourriture chaude ne se refuse pas. Dan attacha son traîneau au pare-chocs et pénétra dans la maison.

Le type cria à quelqu'un qu'il y avait un invité et ressortit pour lancer son moteur.

Dans la cuisine, une femme l'invita à s'asseoir en face d'un adolescent mal réveillé. Le père faisait du transport et avait toujours l'occasion de déposer son fils à l'école. C'était loin. Tout était loin dans ce pays.

– Et alors, ça va bien, cette course? demanda-t-elle.

Elle avait dû voir le traîneau par une fenêtre. Le jeune garçon s'éveilla pour parler des chiens. Dan avait déjà remarqué que certains enfants rêvaient ou du cosmos ou de l'ancien temps. Pas de milieu.

Le père vint s'asseoir. Les bols étaient blancs avec des fleurs. Il y avait des crêpes. Il expliqua à Dan qu'un certain Jacques Loff, le n° 8, était passé dans le village à une heure du matin. Dan s'aperçut qu'il y avait la liste des noms et des dossards fixée sur la porte de la cuisine, à l'intérieur. Il expliqua à Dan que ce Loff était du coin, de Galena, sur le Yukon exactement, et qu'il pouvait circuler avec un bandeau sur les yeux.

– Il faudra quand même qu'il s'arrête pour laisser les chiens se reposer, dit l'adolescent.

Il avait pensé aux chiens avant l'homme.

La femme ajouta qu'un homme ne pouvait pas non plus être de jour et de nuit. Toutes les femmes en savent quelque chose. Ce Loff était médecin généraliste et il n'avait rien trouvé de plus sûr que le traîneau et les chiens pour visiter des malades isolés, par tous les temps, lorsque l'hiver bloque les mécaniques.

– C'est la première fois qu'il s'aligne dans cette course? s'informa Dan.

– Oui, on le connaît bien. Il m'a dit que c'était sa femme qui avait eu l'idée, dit le père.

– Elles ont parfois de ces idées, dit Dan.

Et il se leva, les remerciant pour ces minutes amicales. Ils le regardèrent partir, depuis le seuil de la porte. Le moteur du camion tournait au ralenti. Son échappement dégelait le sol autour de la fumée bleue.

Dan était donc le deuxième. Mais il avait perdu cinq chiens en trois jours. Il traversa Ptarmingan Pass pour déboucher sur Rohn River. Le soleil déposait une couronne de lumière sur un bois aux formes arrondies. Par endroits les rayons touchaient le sol de biais, presque à l'horizontale, dessinant des zones d'ombres effilées comme des épées de légende.

Des caribous coupèrent le chemin de Dan et il remercia son destin de l'avoir conduit jusque-là.

A vingt miles environ de Rohn River, en redescendant, il n'y avait que de la glace fondante et des graviers. Les bottes de Dan en étaient recouvertes jusqu'au quart. L'attelage avançait aussi bien sur ce terrain que sur la neige. Habituellement, les patins accrochent sur les rochers mais là, c'était complètement différent.

Ainsi ça n'allait pas si mal, bien qu'il n'y eût

pas de route tracée dans cet univers de glace. Et il y avait de nombreux trous d'eau.

Vraiment Dan ne savait pas quel chemin prendre. Théoriquement, il devait y avoir des éclaireurs précédant le premier musher, mais Dan les avait rattrapés le jour avant à Finger Lake et ils y étaient encore.

Dan avait des cartes; il savait qu'il devait y avoir une cabane quelque part et il se mit à sa recherche. Il la trouva. Elle était habitée par un jeune couple. Ils dirent à Dan qu'un attelage venait de passer à moins d'une heure de temps et que le type avait des problèmes avec un de ses chiens qui était devenu brusquement mou et pantelant comme de la guimauve de foire. C'était le n° 8.

Dan écourta sa halte et doubla Jacques Loff à trois miles de là. Il était effectivement arrêté, penché sur le chien étendu sur le traîneau. Dan lui demanda au passage s'il n'avait besoin de rien. Ce Loff avait un visage ouvert, sympathique avec des yeux gris comme ceux de la jeune femme qui le donnait gagnant.

Il répondit que ça irait, qu'il attendait seulement que le chien meure, sans souffrir. Dans le temps on les y aidait en leur tirant une balle dans la tête, mais Loff préférait caresser le chien et lui parler comme à un ami.

Dan s'éloigna. Il avait dépassé son horaire habituel et progressa jusqu'à Rohn Roadhouse qu'il atteignit vers dix-neuf heures.

Ce soir-là, il n'y eut que les éclaireurs qui le

rattrapèrent. Personne d'autre. Tous les mushers s'arrêtèrent avant Roadhouse.

Dan acheta de la viande fraîche pour les chiens. Il laissait parler la nature et les chiens mangeaient autant qu'ils en voulaient. Sans le savoir, Dan venait de découvrir que, pour cet effort de très longue durée, la quantité de nourriture était trois à quatre fois plus élevée que lors des entraînements.

Demain il lui faudrait absolument rejoindre Farewell Lake Lodge à la fin de la matinée, pour acheter de la nourriture commerciale, car Bob Leeve ne le ravitaillerait que beaucoup plus loin à McGrath.

Les éclaireurs avaient eu des ennuis avec le moteur d'un skidoo. Ils avaient dû aussi ramener jusqu'à Knick un musher malade. Deux autres attelages avaient abandonné, dégoûtés par l'état de la piste. Il n'y avait plus que trente et un traîneaux pour avaler les mille quatre cents kilomètres jusqu'à Nome.

## JOURNÉE DU 7 MARS

Bien qu'il se fût levé un peu plus tard ce matin-là, Dan partit quand même avant les éclaireurs. Mais ils le rattrapèrent cinq ou six miles plus loin. Dans ce secteur ils étaient sur la rivière.

Il n'y avait rien que de la glace fondante, du sable et du gravier. Il y avait plein de trous d'eau, vraiment très mauvais. Tout se ressemblait et il était impossible de faire la différence entre l'eau et la glace.

Il y avait encore quarante miles pour arriver à Farewell Lake Lodge. Le vent prenait de la violence de minute en minute et renversait quelquefois le traîneau de Dan. Les chiens peinaient et ne pouvaient plus réellement garder leur pas trottant.

Les éclaireurs avaient eux aussi des problèmes. Les trous d'eau n'arrangeaient pas les moteurs. Parfois ils étaient devant Dan, parfois Dan était devant eux. A un certain moment, il traversa la rivière. Il pensait trouver un chemin plus court et plus abrité à travers la forêt. Mais il dut faire demi-tour car il n'y avait absolument plus du tout de traces. Et il n'était pas loin derrière les éclaireurs. Il pouvait voir leur signalisation.

Dan arriva à Farewell Lake Lodge à la fin de la matinée. Il mangea avec les éclaireurs et il acheta de la nourriture fraîche pour les chiens. Les éclaireurs partirent pour coucher à McGrath, et Dan parcourut encore vingt ou vingt-cinq miles jusqu'à quatre heures de l'après-midi.

Avant d'installer son campement, il remarqua un avion qui faisait des cercles autour de lui; il sautait dans les rafales de vent comme un cabri. C'étaient des reporters venus des Etats-Unis, mais Dan ne le savait pas. Il l'apprit le lendemain. Le pilote lui raconta qu'il avait atterri sur un lac en l'attendant afin de faire quelques photos.

Mais Dan ne s'était pas montré. Suivant son habitude, il avait dissimulé son campement. A cause du vent, il s'était donné le mal de renverser le traîneau et de monter sa petite tente. Il voulait être certain de passer une bonne nuit, et les chiens s'étaient groupés dans son alignement, coupés un peu du vent eux aussi.

A Farewell, on lui avait dit que les concurrents étaient assez loin derrière lui. Dan aimait bien être seul et aller à sa propre vitesse, faisant exactement ce qu'il voulait.

Ce soir, en s'endormant, il s'efforça de ne pas considérer l'Iditarod comme une course mais comme un long voyage. Si vous poussez trop vos chiens, ils ne peuvent pas faire les mille miles. Ils le savent d'eux-mêmes. Dan avait vu des types conduire le traîneau à l'aide d'un fouet. S'il l'avait fait avec ses chiens, il n'aurait pu faire la course car ils auraient écouté le fouet. Ceux qui s'en servent ont des chiens qui ne font plus attention au fouet.

## JOURNÉE DU 8 MARS

Le bruit du vent avait dû bercer Dan, car, dès qu'il cessa, il se réveilla. Il n'était qu'une heure du matin mais il décida de se préparer quand même.

Plus tard dans la journée, la neige aurait fondu et l'unique trace serait effacée. Il avait pris une cadence d'automate. Même les gestes qu'il fit ce jour-là, dans ces haltes, pour nourrir ses chiens, épousaient cette même cadence.

Dans l'après-midi, il guetta le ciel pour en voir sortir le Pipper de Bob. Puis, il se lassa, ne pensant plus qu'à atteindre McGrath. Bull, le groenlandais, raidissait sa progression. Dan s'aperçut trop tard qu'il avait les pattes gelées. Il le changea contre Eccluke et il arriva à McGrath à neuf heures du soir. Les chiens étaient très fatigués.

Il trouva un hangar pour s'abriter et, en allant boire et manger quelque chose de chaud pour le dîner dans un restaurant modeste, il tomba sur l'animation provoquée par la course.

Il y avait le tableau mis à jour par un type qui écoutait son poste radio.

On y lisait que Dan Murphy était en tête avec cinq chiens de perdus et qu'un ami le ravitaillait par avion :

... que Jacques Loff était second à quelques heures avec un chien mort;

... que Greg Harway, le troisième, avait cassé un longeron de son traîneau mais revenait très fort, tous les chiens en parfait état;

... que Rocky Bent, Aklosik et George Smith marchaient ensemble à une journée de retard;

... et que ceux qui avaient parié sur les autres pouvaient allumer des cierges à la Saint-Musher.

Dan retrouva son hangar et ses chiens. Bull restait sur le flanc, l'extrémité des pattes insensibles. Dan pensa qu'en le permutant avec Eccluke à la fin de la matinée, il aurait dû lui sécher les pattes. Il y avait eu beaucoup d'eau sur la piste et il s'était gelé, immobile sur le traîneau.

Il se leva plusieurs fois dans la nuit pour contrôler l'état stationnaire de Bull. Il était tellement préoccupé par ce chien qu'il ne voulait ni ne pouvait abandonner, qu'il ne pensait plus que Bob Leeve avait manqué son rendez-vous de McGrath.

## JOURNÉE DU 9 MARS

Lorsque Dan examina, assez tard ce matin-là, les pattes de Bull, le sang n'y circulait toujours pas. Et les autres chiens, sauf Eccluke, n'avaient pas bougé une oreille. La fatigue étendait sur l'attelage son manteau d'inertie.

Dan décida de rester sur place. Il se disait que Bob le rejoindrait sans doute, et il acheta de la nourriture fraîche pour les chiens.

Sur le tableau d'affichage scrupuleusement mis à jour pour les paris, il était toujours en tête avec la notation supplémentaire de « attelage fatigué ».

D'après les rumeurs, Jacques Loff avait amené son chien mort jusqu'à un contrôle et perdu un temps fou à essayer de creuser une tombe dans le sol gelé.

Greg Harway l'avait dépassé. Dan avait mis six jours pour arriver à McGrath. L'armée avait quitté Knick cinq jours avant lui.

Hier, lorsque Dan était arrivé à McGrath, leurs traces étaient encore bonnes et s'il était reparti ce matin du 9 mars avec les éclaireurs il aurait toujours eu les traces de l'armée. Mais lorsque Greg Harway toucha la petite ville, en fin de matinée, une tempête se leva.

Dan avait déjà repéré que, depuis huit heures, une camionnette et deux types à l'arrêt guettaient à l'entrée de la ville. Ils étaient venus du côté opposé.

Greg arrêta son attelage à leur hauteur. Il avait son compte de chiens mais ils ne frétillaient pas. Ils avaient déjà dû essuyer un fort vent contraire deux miles avant la ville.

Tandis que Greg marchait rapidement vers le restaurant situé dans le premier groupe de maisons, les deux types de la camionnette chargeaient des vivres sur son traîneau.

Dan, en se déplaçant de quelques mètres devant son abri, put voir Greg ressortir. Il courait. On avait dû lui dire que Dan Murphy n'était pas reparti et il relança son attelage comme un furieux.

A travers la ville, le vent lui paraîtrait moins dangereux mais il y aurait tout le reste. La piste, après la ville.

Dan regarda disparaître Greg Harway, désormais en tête de la course. Il se rapprocha des deux types à la camionnette. Le plus grand avait un drôle de nez en trompette qui dépassait de son passe-montagne. Ils repartirent et Dan retourna soigner ses chiens.

Le vent hurlait contre le hangar. Il se ramassait parfois en coups de boutoir. La météo annonçait de la neige. Quand une tempête de neige se lève aux environs de McGrath elle dure trois ou quatre jours et les avions ne peuvent ni décoller ni atterrir et, dans le ciel, ils seraient roulés comme des harengs dans la farine.

Dan alla téléphoner à Bob. Il s'inquiétait, pensait à un accident. Personne ne lui répondit.

En rejoignant son hangar, il y trouva Jacques Loff, les chiens transformés en boule de glace; il était trois heures de l'après-midi et il décida de s'arrêter.

Avant la nuit, neuf attelages se pointèrent à McGrath, Rocky Bent, Aklosik et George Smith étaient du nombre.

Ils se réunirent tous dans le restaurant et, pendant le dîner, le préposé au tableau inscrivit que douze attelages étaient bloqués par la tempête à Farewell Lake Lodge.

Onze autres, ici même. Cela, Dan et ses copains, ne le savaient que trop.

Et puis, tout à la fin, le type annonça qu'un éclaireur revenant de Bear Creek avait découvert Greg Harway à cinq miles de McGrath pratiquement en perdition. Il l'avait aidé à rejoindre McGrath, heureusement poussé par les bourrasques.

Des réflexions acerbes établirent que Greg Harway, vainqueur de l'année dernière, n'était pas très aimé. Sans doute était-il trop riche. Sans doute son poste de sous-directeur d'une grande compagnie pétrolifère ne se mariait-il pas très bien avec sa position de musher. Car beaucoup de mushers étaient des professionnels de la chose. Ils vivaient d'élevage de chiens polaires, de fabrication artisanale de traîneaux, harnais, etc., et des primes gagnées dans les courses.

Comme la société, en dehors de Bent, Aklosik et Smith groupés autour de Dan, s'était dressée et se dressait encore contre Dan, il pensa qu'il était fort difficile de lui plaire. Ou alors, il fallait lui ressembler exactement pour ne point l'effrayer. Mais de quelle race, de quelle couleur, de quelle option morale, de quelle affinité artistique et sentimentale, enfin quel était le visage de la société? En avait-elle vraiment un?

Ce soir-là Dan confia à Rocky Bent qu'il croyait plutôt qu'il s'agissait d'une vibration qui s'amusait à sanctionner les individus depuis des siècles tout en étant incapable de les guider sur le juste chemin car elle était vénale et ne pouvait pas tendre la main aux malheureux, une vibration n'ayant, en principe, ni bras ni jambes.

## JOURNÉE DU 10 MARS

Dan s'éveilla le premier. Il neigeait. Comme ses chiens manifestaient le désir de partir, il les attela. Le campement dormait. Greg Harway avait dormi chez des amis, sans doute dans un bon lit.

A la sortie de la ville, des éclaireurs écoutaient toussoter les moteurs des skidoos. Le vent était faible mais il neigeait. Les flocons se serraient et nourrissaient sans doute le projet de bloquer les chenillettes des skidoos. C'était un de leurs jeux favoris.

La neige fraîche freinait également les patins du traîneau. Les chiens alternaient le trot et le pas. Le sang de Bull circulait dans ses plus fines sections et, en tête, il tirait consciencieusement.

Néanmoins Jacques Loff rattrapa Dan au bout de quelques heures. Ils s'arrêtèrent ensemble pour nourrir les chiens. Loff but en abondance à son thermos. Il expliqua à Dan que, pour les reins, on ne buvait jamais assez pendant un effort soutenu. Il était long, les muscles bien déliés, et il inspirait confiance. Son mince collier de barbe retenait la neige.

A quelques mètres de distance, on ne voyait plus les éclaireurs absorbés par l'écran des flocons. Dan avait emporté de la nourriture fraîche seulement pour cette journée et le lendemain.

Loff et lui ne couvrirent que soixante miles, malgré des efforts redoutables pour aller plus loin. Mais les chiens avaient de la neige jusqu'au poitrail.

Les deux mushers dormirent dans la cabane d'un type. Il s'appelait Arny Post et travaillait pour la F.A.A. à McGrath. Il y venait avec sa femme tous les week-ends. La cabane était tout en longueur avec un retour en forme de L. Le feu brûlait dans la cheminée. Différentes nourritures étaient cuites. Il y avait de la dinde et d'autres choses aussi. Dan pensa que la femme resterait là la semaine suivante et offrirait l'hospitalité aux autres mushers.

Arny et sa femme représentaient une des bonnes « vibrations » de la société.

## JOURNÉE DU 11 MARS

Greg Harway dépassa Loff et Murphy pendant qu'ils dormaient, mais ils ne le savaient pas.

Dan démarra de la cabane une bonne demi-heure avant Loff. Dan rencontra presque aussitôt les éclaireurs qui faisaient les traces. Ils revenaient en arrière.

Il ne neigeait plus. Les éclaireurs avouèrent à Dan qu'ils s'étaient trompés de chemin mais qu'ils savaient où reprendre la bonne route. Il était donc probable que Greg Harway se soit gouré dans les grandes largeurs. Sa furie, sa hargne, cette énergie rageuse qui le secouait l'aidaient autant qu'elles lui portaient préjudice.

Dan tourna son attelage pour suivre les éclaireurs. Sur la bonne trace ils laissèrent une signalisation qui indiquait qu'il fallait tourner à droite, mais que tout droit, à un demi-mile, il y avait une cabane pour camper, mais que c'était le mauvais chemin.

Dan repartit pour une journée éprouvante. Ils perdirent la trace que l'armée avait établie. Les éclaireurs qui ouvraient la piste étaient vraiment des types très sympathiques car ils n'étaient pas payés pour faire le trajet d'Anchorage à Nome. C'est grâce à eux que des traces furent faites entre McGrath et Ruby.

Les éclaireurs s'arrêtaient souvent et, à un certain moment, ils furent obligés d'avouer que depuis McGrath ils s'étaient perdus.

L'armée devait placer des fanions sur le bord des traces, mais comme ils n'avaient pas de bâtons pour les placer, ils les jetaient sur la neige et ils étaient vite recouverts. Dans ce secteur de vaste plaine, sans arbres ou presque, tout se ressemblait : blanc sur blanc.

Au centre des hésitations sur l'itinéraire, Loff, Aklosik et Smith rattrapèrent Dan. Ils lui racontèrent que les chiens de Rocky Bent s'étaient battus. Il en avait un d'égorgé et l'autre à l'agonie, le ventre ouvert. Il était obligé de revenir vingt miles en arrière jusqu'à un contrôle pour y abandonner les chiens. Le contrôle qui était en avant étant trop loin, à cinquante miles.

Dan et les trois autres étaient à sept miles de Bear Creek. Ils pensaient y camper. Ils s'approchaient enfin d'une forêt avec des fanions suspendus aux arbres comme des lampions.

Ils la traversèrent. Elle était chaotique et les montées étaient si raides que Dan fut obligé de descendre de traîneau et de pousser vraiment les deux jambes au sol, la bonne et la mauvaise. Jacques Loff demeura sur son traîneau. Il avait les chiens les plus en forme.

Dan n'avait plus qu'une journée de nourriture.

Comme Bear Creek, simple halte, était néanmoins équipée d'une radio, Dan décida d'appeler à McGrath pour demander de la nourriture. Mais il ne savait pas qui allait la lui apporter. Le fournisseur prétendit qu'il ferait l'impossible mais qu'il doutait que cela fût possible.

Au début tout le monde a assez à manger. Ensuite il faut compter sur les points de ravitaillement et les aides personnelles. Le comité de l'Iditarod avait donc prévu des réserves sur le bord de la piste le cas échéant. Bear Creek devait être un point de ravitaillement, mais il n'en était rien. Même pour les éclaireurs, rien n'était prévu.

Tex Gates, le responsable de Bear Creek, fournit de l'essence et de l'huile pour les skidoos, de sa réserve particulière. Il logea les mushers dans une cabane et leur donna à manger ce soir-là. Dan l'homologua comme une nouvelle vibration positive de la société.

## JOURNÉE DU 12 MARS

Greg Harway arriva tellement tard dans la nuit à Bear Creek qu'il lui fut impossible de se relever avec les autres.

Dan partit encore le premier. Toujours avec Eccluke en tête pour le premier effort. Personne n'avait finalement apporté de la nourriture depuis MacGrath et les chiens venaient de dévorer le reste. Dan n'avait plus rien pour eux et très peu pour lui-même.

Il procédait à une véritable fuite en avant. Il espérait voir apparaître le Pipper de Bob au cours de la journée.

Les chiens de Dan s'étaient levés de plus en plus fatigués. Ils se maintenaient à un trot très inférieur à celui du début.

A la limite du jour et de la nuit, quand on ne sait encore s'il s'agit d'une aube ou d'un soir, Dan traversa une grande étendue et vit un terrain d'aviation avec un avion.

Ce n'était pas celui de Bob et il s'envola avant que Dan puisse l'atteindre. Il arriva à un grand tas de poissons séchés qui avait été lancé sur la piste. Mais il ne put déchiffrer exactement quel nom était écrit sur la pancarte fichée au centre du tas. Dan pensa que les poissons étaient destinés à un autre musher derrière lui.

Il se refusa donc à en prendre, même un seul. Il apprit plus tard que c'était bien pour lui, mais le fournisseur de McGrath avait très mal compris son nom.

Les traces étaient encore mauvaises aujourd'hui. Il faisait des cercles et coupait ses propres traces. Il se trouvait à cinq miles de Bear Creek mais il avait déjà parcouru dix miles. Il pouvait voir, au loin dans cette vallée, l'armée qui avait encore pris un mauvais chemin et qui faisait demi-tour.

Dan venait de parcourir dix miles dans un sens, puis dix miles pour revenir sur ses propres traces. Cela faisait donc vingt miles de trajet pour un demi-mile de distance.

Aklosik et George Smith le rattrapèrent. Aklosik trouvait plutôt drôle de se dire que tout allait assez bien, le traîneau, les chiens, et tout à coup, au bout de deux heures, de recouper ses propres traces.

Une chose était moins drôle. La maladie qui semblait s'être abattue sur l'attelage de Jacques Loff. En se réveillant, il avait trouvé quatre chiens inertes, encore vivants mais privés de force, mous comme des chiots à la naissance.

– Où a-t-il acheté la nourriture? demanda Dan.

Ils pensaient tous à leurs chiens. Aklosik et

Smith n'avaient pas non plus touché aux poissons. Ils ignoraient pour qui ils étaient.

– Greg Harway a pris une autre route. Il dit que l'armée et les éclaireurs sont des imbéciles. Il dit qu'on est trop nord-est.

Pour l'instant, les trois hommes ne savaient même pas combien ils avaient parcouru de miles dans leur journée, à force de tournicoter.

Ils installèrent le bivouac. Les chiens se couchèrent sans manger et sans rien réclamer. Ils sentaient que les vivres étaient épuisées.

Dan et ses compagnons burent du thé sucré avec quelques galettes compressées. Un genre d'aliment complet beaucoup moins spectaculaire que des crêpes avec des œufs au lard.

## JOURNÉE DU 13 MARS

Ils se levèrent et partirent ensemble. Ne sachant plus du tout où ils étaient et sans vivres, aucun ne voulaient se séparer des autres.

Dan avait des cartes mais il avait bel et bien perdu sa position. Le désarroi de deux éclaireurs sur leur skidoo aggravait encore l'échec qui se profilait.

Jacques Loff aurait pu les sortir de là. Il était de la région. Mais cela valait-il la peine de l'attendre? Avec ses chiens malades, il avait dû abandonner sans doute.

Dan décida finalement d'une direction pour rejoindre Poorman, et les éclaireurs ouvrirent le chemin.

Un peu plus loin, dans la route, à une croisée de vallons, Aklosik proposa de laisser les attelages et d'essayer, à pied, de rechercher plus librement le chemin à prendre.

Ils parcoururent ainsi deux ou trois miles jusqu'à ce que Smith affirme que « ça ne pouvait pas être là, que ça ne pouvait décidément pas être la bonne direction ».

Lorsqu'ils retournèrent vers les chiens, ils s'aperçurent qu'un des malamutes de Dan était mal attaché et qu'il s'était goinfré avec toutes les provisions de bouche des mushers.

C'est alors que surgit Greg Harway, on ne savait trop d'où. Il secouait les bras comme un type qui parle tout seul. Il leur annonça qu'il avait vu des traces d'animaux et que le mieux serait d'organiser une battue à tous les quatre pour ramener de la viande fraîche.

Il se mit à brandir sa carabine à répétition.

– Mais la chasse n'est pas encore ouverte, fit remarquer Dan.

– Ça suffit! hurla Greg. La ferme, professeur! J'ai faim. On a tous faim, les chiens ont faim et on ne va pas écouter une de vos maudites leçons sur la survivance du gibier en Alaska. (Il se retourna vers les autres)... Allez, venez, il y a des grosses traces à deux miles plus au sud.

Aklosik et Smith eurent un regard pour Dan qui ne répondait ni ne bougeait.

– Laissons ce saint homme crever tout seul, ricana Greg.

Pour libérer Aklosik et Smith, Dan détacha son attelage et donna l'ordre de départ à ses chiens.

Ils trottaient doucement et Dan ne se retourna même pas. Il savait que Greg et les autres iraient chasser. Dan ne jurait pas qu'il n'irait pas lui-même un peu plus tard, si la situation empirait. Il pensait pouvoir attendre encore et il espérait toujours l'arrivée du Pipper de Bob Leeve.

Le bruit d'un avion lui arracha donc un cri de

joie. Il venait de l'arrière et il se retourna d'un bloc pour voir un avion inconnu rasant le sol et piquant droit sur lui.

Dan dut se baisser plus bas que son traîneau, et les roues de l'avion passèrent à cinquante centimètres des chiens apeurés.

Dan se disait que la plaisanterie était d'un goût douteux lorsque l'avion revint en sens inverse. Il volait plus bas, si c'était encore possible. Le souffle brossa la fourrure des chiens. A plat ventre, Dan eut l'impression qu'une des roues avait touché les oreilles un peu plus hautes de Bull le groenlandais.

Dan jura, car il avait reconnu l'appareil de Mart Mieldost, le guide chasseur d'ours dont, un beau jour, Dan avait tué le richissime client sur la banquise.

L'avion avait disparu et Dan eut toutes les peines du monde à décider les chiens à repartir. On aurait dit qu'ils voulaient s'incruster dans la neige, y disparaître à l'abri.

Cette émotion n'était pas faite pour leur redonner du tonus. Et dès qu'ils réentendirent le bruit du moteur, ils s'arrêtèrent, Eccluke la première; elle gratta furieusement le sol pour y faire un trou.

L'avion se jetait vers eux, les contraignant à s'aplatir.

Au bout d'une heure de ce manège alternatif, l'attelage, déjà affamé, était plus usé que par vingt heures de marche.

Mart Mieldost se vengeait. Au bout de ce régime, Dan serait contraint à l'abandon. Il préféra armer sa carabine 30-30, car, déjà, les chiens refusaient de repartir. Ils rassemblaient toutes leurs forces pour creuser leur trou individuel qui les protégerait contre ce danger du ciel.

Dan s'allongea contre le traîneau et attendit. Il n'avait pas réussi à empêcher les chiens de gratter avec ce grand risque de se blesser les pattes. Dan refusait de voir son aventure sombrer si bêtement.

L'avion se pointa de l'arrière. Dan, en position de tir, le canon appuyé sur l'avant du traîneau, attendit qu'il passe et se présente de dos. Il tira, expédiant tout le chargeur dans la queue de l'avion. Les chiens, dont les détonations réveillaient l'instinct de chasseurs, regardaient soudain aux aguets. Ils ne grattaient plus le sol, ce qui était déjà un résultat.

Comme deuxième résultat, il y avait l'avion qui zigzaguait, prenait un peu de hauteur, repiquait. Un truc n'allait plus dans sa direction. Il revenait sur sa gauche comme s'il cherchait à se poser, et une trace sombre s'effilocha dans son sillage.

Il disparut derrière un bois, mais, au son, Dan sentit qu'il s'était posé.

Il profita de ce que les chiens ne grattaient plus pour les décider à repartir. Il tira Eccluke par le harnais et elle tira le reste. Dan amorça un grand arc de cercle pour aller voir du côté de ce bois. Il pénétra à l'intérieur et finit par apercevoir l'avion posé... Il attacha le traîneau à un arbre, prit sa 30-30, la rechargea et s'avança à l'abri des arbres.

Mart Mieldost palpait son avion pour apprécier les chances qu'il avait de repartir. Il avait, lui aussi, la carabine à la main.

Dan l'observa un long moment. Mieldost, ne voyant rien alentour, posa sa carabine et sortit son outillage pour réparer. Pendant ses manipulations, il changeait souvent de position, et il se retrouva devant le canon de la carabine de Dan.

C'était un endroit idéal pour tuer quelqu'un : les loups se chargeraient d'un nettoyage complet. Ils avaleraient jusqu'à la balle logée dans le cœur.

Dans les yeux du guide-chasseur il y avait un peu de surprise et ce refus qu'a l'homme de croire à sa propre mort quand elle habite la porte à côté.

– C'est toi qui as choisi de venir, dit Dan.

Mieldost remua les traits soudain alourdis de son visage.

– C'est pas exprès. J'étais dans la région, prononça-t-il.

Il n'avait pu s'empêcher de jeter un œil sur son fusil appuyé contre l'avion. Dan prit ce fusil et le jeta au loin.

– Donc, tu passais par hasard?

Mieldost acquiesça.

– Et tu voulais me bloquer avec les chiens, seulement pour plaisanter?

Il n'osa pas dire oui. Il n'osa plus rien exprimer.

– C'est Greg Harway qui t'a payé?

Cette fois il nia énergiquement. Contre Dan, la propre haine de Mieldost suffisait.

– Tu aurais pu l'aider à chasser au lieu de me prendre pour un ours, plaisanta Dan. Il chasse à quelques miles. Nous n'avons plus rien à manger depuis deux jours.

Mieldost redressa le buste qui s'était un peu affaissé dans l'attente de la balle mortelle de Dan. Il savait ce qu'était un homme isolé, sans vivres dans ces régions. Il avait honte, car un jour lui aussi pourrait être cet homme-là.

– J'ai de quoi manger, assura-t-il en désignant l'avion. Pas beaucoup, mais je peux aller t'en chercher d'autre.

Dan se décidait mal à l'accepter.

– Il a dû arriver quelque chose à Bob Leeve, dit Dan.

– Tu ne savais pas? Un rabattant lui a cassé le Pipper au décollage de Fairbanks.

Le sang quitta le visage pourtant déjà glacé de Dan.

– Et lui?

– Un peu ouvert sur le front, mais ça va.

Comme Dan ne menaçait plus vraiment Mieldost, il glissa vers la porte de l'avion, y engagea le buste et les bras et en sortit un sac qu'il déposa sur le sol.

– Des boîtes de bœuf et du pain complet. Il y en a bien pour un jour pour toi et les chiens.

Ensuite, tacitement, d'un geste à l'autre, il s'entraidèrent pour réparer le câble du gouvernail de profondeur de l'avion. Le carter d'huile touché par une balle fuyait un peu. Ils le colmatèrent avec une poix spéciale. Ça tiendrait jusqu'à une base.

Un loup hurla. Mieldost regrettait d'être venu avec l'idée de paralyser Dan, de le rendre fou sur une piste déjà infernale. Mais, évidemment, il ne le dirait jamais. Ils orientèrent l'avion dans le bon sens du vent pour le décollage.

– Tu veux que je te dépose de la nourriture quelque part? proposa Mieldost.

Bien que Dan fût heureux d'avoir vu la haine disparaître momentanément, il refusa. Il alla ramasser le fusil de Mieldost et le lui rendit.

– Je me débrouillerai. Et tu feras dire à Bob que ça ira, qu'il ne s'inquiète pas, dit Dan.

Il ramassa le sac de vivres et s'éloigna tandis que l'avion décollait. Il ouvrit les boîtes au poignard; les chiens et lui se calèrent l'estomac. Ça leur était tombé de ce ciel pourtant chargé d'orage. Ils mangeraient encore ce soir, et puis...

L'attelage de Dan se retrouva seul dans cette plaine. Il rencontra un éclaireur sur son skidoo qui lui raconta que tous les autres skidoos étaient en panne à force de s'embourber dans la haute neige.

Les chiens de Dan avaient récupéré un peu de vigueur, mais les cinq ou six pieds de neige sur le sol rendaient leur marche très pénible. Dan n'avait jamais vu autant de neige. Peut-être que demain il serait enfoui sous deux pieds supplémentaires. Ça ferait une bonne histoire à raconter.

L'éclaireur campa avec lui. Ils n'avaient aucune nouvelle des chasseurs ni d'aucun autre concurrent. Dan pensait être le premier, mais en se livrant à de savants calculs il réalisa qu'il n'avait pas parcouru un seul mile de toute la journée. En réalité, il avait même fait quatre miles en arrière, et, sans avoir besoin de consulter son thermomètre, il savait que la température était d'environ – 30° à – 40° . A ce niveau on n'en était plus à – 10° près.

Il liquida, avec ses chiens, le reste du bœuf et du pain et trouva le sommeil assez tard.

De plus il fit un cauchemar. Sans doute à cause des coups de feu, de cette histoire de chasse et de la présence de Mieldost. Il se revit sur la banquise. D'abord en train de capturer un ours blanc au fusil soporifique pour le placer dans un filet, le marquer et le peser.

Un hélicoptère soulevait le filet auquel était accroché l'enregistreur de poids. Dan lisait le poids de l'ours soulevé à peine d'un mètre au-dessus du sol. Et l'hélico le reposait délicatement sur la banquise. Avec le marquage, Dan pouvait recenser l'espèce et connaître ses déplacements. Il enlevait le filet et, le plus souvent, assistait de l'hélico au réveil de l'ours. Il chancelait un peu, reprenait ses esprits et oubliait l'événement.

De ces images, Dan passa à la discussion avec le docteur William Bettniger qui voulait descendre une ourse pleine. Il était bien net dans le rêve de Dan. Avec toute son importance, sa couperose, son fusil à balles explosives pour éléphant.

Il devait aussi tuer là-bas les femelles qui baignaient leurs petits.

Il avait tiré et manqué l'ourse. Dan, qui était dans le secteur pour son travail, avait couru, couru. Dans son cauchemar, il courait mais il n'avançait pas.

Il avait écarté le fusil du grossium par le canon, mais un des types lui avait allongé un coup de pied. Il avait alors armé son propre fusil.

Des rabatteurs, en avion, avaient rabattu l'ourse vers eux.

– Si vous tirez, je vous abats.

Voilà exactement ce que Dan avait dit. Cette nuit les mots étaient revenus dans le coton et aussi son coup de feu et la culbute grimaçante de Bettniger. Ses grands bras comme des ailes de moulin.

En se retournant, l'éclaireur toucha le corps de Dan qui s'éveilla. Assis, dans le froid et la nuit, avec les boules de fourrure de ses chiens, il trouva la solitude de cette plaine plutôt amicale.

Eccluke, qui respirait comme il respirait, leva sur lui ses yeux clairs. Points blancs dans la nuit rehaussant son masque asiatique comme les joyaux d'une fierté que même son amour pour Dan ne ferait pas abdiquer.

Dan, rassuré, se laissa retomber en arrière.

# JOURNÉE DU 14 MARS

Au cours de cette matinée, Dan ne parcourut que dix miles. Le traîneau s'enfonçait dans la neige. Les chiens perdaient du poids. Bull et les deux malamutes semblaient résister le mieux. Ce n'était sans doute qu'à cause de leur fourrure plus épaisse. Surtout la fourrure rousse de Bull, avec ses drôles de taches blanches sur la tête. Mais lui aussi perdait du poids.

L'éclaireur était parti pour rejoindre Poorman, petit campement, et prévenir à Galena que les skidoos étaient en rade.

Dix miles seulement séparaient encore Dan de Poorman. Il fut d'abord rattrapé par Aklosik, qui lui raconta leur chasse. Les chiens de Greg avaient tellement ingurgité de viande fraîche de caribou qu'ils ne pouvaient plus courir. Aklosik en donna un peu aux chiens de Dan qui n'avaient rien mangé depuis la veille.

D'après Aklosik, ils étaient en tête du classement. Pas de nouvelles de Jacques Loff, et il était vraisemblable que le gros des coureurs était loin derrière. Dans les erreurs d'itinéraire, tout le monde veut donner son avis et cela accentue la pagaille.

Vers six heures du soir ils arrivèrent à Poorman. Un hameau avec quelques éléments de l'armée sous tente.

Dan se mit en quête de nourriture pour le lendemain, tandis qu'Aklosik prenait des nouvelles d'un jeune frère qui était sergent et qui, en principe, manœuvrait sur cette piste.

Greg Harway et George Smith les rejoignirent plus tard. Greg proposa cyniquement de la viande fraîche à Dan, qui refusa.

A la nuit, vers neuf heures, trois types de Ruby débouchèrent sur des skidoos en parfait état. L'un d'eux, Beckman, était de Galena. Ils avaient entendu dire que les mushers étaient perdus, et ce Beckman s'inquiéta de son ami, le docteur Jacques Loff.

Dan lui expliqua ce qu'il en était. Ce Beckman était le beau-frère de Jacques Loff qui avait épousé sa sœur. Dan lui raconta qu'il avait rencontré cette jeune femme à un poste de contrôle et qu'elle donnait gentiment son mari gagnant.

Greg Harway ricana que tout ça était une vraie foutaise et que les histoires de famille n'avaient pas leur place ici, que cette course n'était pas une veillée des chaumières et que si ce Jacques Loff voulait arriver le premier à Nome il ferait tout aussi bien d'achever ses chiens malades et de prendre l'avion.

## JOURNÉE DU 15 MARS

Dan n'avait trouvé qu'une nourriture dite commerciale, peu nutritive pour des chiens de course. Il repartit juste derrière Greg, mais il le vit s'éloigner progressivement.

Il fallait couvrir soixante miles jusqu'à Ruby et, au bout de vingt miles, Dan avait déjà deux chiens sur le traîneau. Avec Bull ou bien Eccluke à tour de rôle, cela faisait trois chiens sur le traîneau. Les deux croisés coyote qui étaient sur le traîneau étaient complètement finis.

Il ne lui restait plus que onze chiens valides sur dix-huit. Et dix seulement, sur ces onze, tiraient le traîneau.

En se rapprochant de Ruby et de Galena qui sont les plus grands centres sur le Yukon, Dan commença à rencontrer des bénévoles le long du trajet. Souvent on lui tendait quelques provisions de bouche et du café dans des thermos.

Il ne s'arrêtait que rarement. Il tenait absolument à arriver à Ruby pour soigner les chiens, car il ne voulait pas abandonner les deux croisés coyote. Il aborderait bientôt le dernier tiers de la course, le plus coriace, et il voulait conserver le maximum de chiens.

Rocky Bent avait fini par revenir sur le groupe et il le doubla en compagnie d'Aklosik et de George Smith.

Quelques autres qu'il ne connaissait pas le doublèrent aussi dans le milieu de l'après-midi. Dan poussait le plus qu'il le pouvait sur sa meilleure jambe pour soulager son attelage.

Mais il arriva à Ruby en huitième ou neuvième position. Il se précipita chez le vétérinaire. Il prit son temps, les vérifia en détail.

– Ils ont la grippe, dit-il enfin.

– Tous?

De cette réponse dépendaient toutes les espérances de Dan. Le vétérinaire avait une tignasse blonde sur un petit corps.

Il mit de côté Eccluke, et puis Bull...

Dan le contemplait sans en croire ses yeux. Ceux qu'il croyait être les meilleurs. Il ressentait des picotements sur les paumes de ses mains.

... et puis les deux malamutes, et puis deux huskies. Il hésita encore, en palpant les autres.

– Ces six-là n'ont encore rien, décida-t-il en désignant le groupe d'Eccluke.

Dan vida ses poumons. Le vétérinaire prépara des médicaments.

– Voilà les antibiotiques pour les autres. Ce n'est pas obligatoire, mais ils guériront plus vite. Il faudra cependant les séparer des autres pendant une semaine.

En sortant de là, Dan abandonna les sept

chiens malades au contrôle en précisant qu'ils seraient contagieux pendant quelques jours. Il passa un arrangement avec le comité pour qu'on les lui expédie à Fairbanks.

Sur les ondes et tous les tableaux d'affichage, la nouvelle que Dan Murphy ne disposait plus que de six chiens, dans un état de fraîcheur douteux, circula ce soir même.

## JOURNÉE DU 16 MARS

Dan prit la précaution de partir encore plus tôt avec ses six chiens, dont cinq seulement tractaient le traîneau.

Sa prochaine étape, Galena, était à cinquante miles. Il n'avait qu'à suivre le Yukon River. Il ne transportait qu'une vingtaine de kilos de vivres pour la journée et ses affaires de bivouac. Evidemment il y avait toujours, en plus, soit le poids de Bull, soit celui d'Eccluke.

Les jours passés il avait essayé deux ou trois fois de lâcher Bull lorsque Eccluke tirait en tête. Il avait pensé que Bull, heureux d'être libre, aurait suivi l'attelage. Mais il ne cherchait qu'à mordre Eccluke pour lui prendre sa place. Il en fut de même lorsque, Bull tirant, il avait lâché Eccluke. Elle voulait sa place de leader.

Huit attelages parvinrent à rattraper et à doubler Dan ce jour-là.

Il arriva à Galena assez découragé. Il était encore à huit longues journée de l'arrivée. Il préféra rester à Galena pour laisser les chiens se reposer.

## JOURNÉES DU 17-18 MARS

Dan avait trouvé une maison dans laquelle il avait pu mettre ses chiens. Il les nourrissait toutes les six heures et les tenait bien au chaud. Il avait acheté de la nourriture commerciale, de la viande et du riz. Il leur injectait des vitamines B12. C'est grâce à Mme Ganel qu'il était si bien installé. Elle a été vraiment très bonne. Ses deux jeunes enfants passaient le plus clair de leur temps avec les chiens. Ils s'amusaient à mettre les petites bottes de cuir aux pattes des malamutes. Débonnaires, ils tendaient leurs pattes.

Le mari de Mme Ganel travaillait dans une compagnie d'assurances. Il plaisantait sur l'assurance-vie de Dan en lui parlant des tempêtes qui se levaient sur le détroit de Bering et de la partie de la piste très accidentée qui longeait la côte.

Mme Ganel connaissait très bien la femme du docteur Jacques Loff, qui elle vint rendre visite à Dan. Mais Dan eut plutôt l'impression qu'elle venait se rendre compte de l'état des chiens. Elle annonça que son mari avait jugulé la maladie de son attelage et qu'il reprendrait bientôt la course avec le reste. Et que, bien entendu, il gagnerait cette course.

– Votre confiance va certainement lui donner un bon coup d'épaule, apprécia Dan.

Il avait beaucoup de mal à rester là, car il savait que les autres mushers couvraient du chemin. Mais, s'il avait continué, la piste eût vaincu les chiens. Pour se réconforter, il acheta toutes sortes de fart pour les patins de son traîneau.

Entre les soins qu'il donnait à ses chiens, Dan se rendait aux renseignements. Il y avait des réunions de parieurs avec des tableaux d'affichage et aussi des haut-parleurs qui diffusaient les dernières nouvelles glanées sur la piste.

A Galena, beaucoup avaient parié sur Loff, leur toubib des glaces. Et ils avaient le masque. Greg Harway était en tête. Il avait maintenant une bonne journée d'avance sur Dan et quatorze attelages avaient plusieurs heures d'avance. Dan fut heureux d'apprendre que Rocky Bent, Aklosik et George Smith étaient bien placés derrière Greg Harway.

Mme Ganel avait remarqué la jalousie d'Eccluke. Elle dit à Dan que la chienne pourrait admettre de partager avec Bull si Dan partageait « exactement ». Dan l'écouta. Elle s'y connaissait mieux que Dan dans le registre des réactions féminines.

Le soir il s'allongea avec Eccluke d'un côté et Bull de l'autre, une main sur chaque échine, les doigts grattant un peu la fourrure.

## JOURNÉE DU 19 MARS

Dan quitta Galena. Eccluke tirait en tête, mais Dan, avec l'esprit d'« amour à égalité » conseillé par Mme Ganel, avait placé deux sacoches de bât très légères sur le dos de Bull.

Investi de cette responsabilité, Bull courait en liberté le long de l'attelage et ne cherchait plus à piquer la place d'Eccluke.

Le traîneau était donc devenu plus léger. Les chiens, bien reposés, allongeaient le trot. En deux heures de temps, Dan dépassa un attelage parti dans la nuit.

Il contemplait avec joie l'échine souple de ses chiens et il décida de ne pas les forcer en une trop longue étape. Il franchit cinquante miles pour s'arrêter à Nulato. Chaque fois il pourrait ne prendre de la nourriture que pour une seule journée. Allégé au maximum, il irait de plus en plus vite.

Les gens de Nulato furent vraiment formidables, et particulièrement l'école des éclaireurs. Ils aidèrent Dan à s'occuper des chiens, leur donner à boire, les détacher. Rudi Later et sa famille l'accueillirent pour la nuit.

Toute la soirée ils parlèrent de l'avance des autres attelages et de la fraîcheur de leurs chiens. Dans ces courses à étapes, rien n'était vraiment joué jusqu'au bout.

Nulato était toujours sur les rives gelées du Yukon River. A moins d'une tempête, les erreurs d'itinéraire n'étaient plus possibles.

## JOURNÉE DU 20 MARS

Le système de Bull ou d'Eccluke courant en liberté chacun leur tour fonctionnait toujours.

Dan arriva rapidement à Kaltag et il doubla deux attelages à la sortie de cette localité. C'est à partir de là que la piste tournait le dos au Yukon River pour piquer droit sur la baie de Norton Sound.

Les skidoos avaient laissé des traces ondulées sur la neige et le traîneau était secoué... Par précaution, Dan équipa tous les chiens de leurs petites bottes de cuir. N'étant plus que six chiens sur dix-huit, ils avaient de quoi user chacun trois jeux de protection.

A quelque cinquante miles de Kaltag, Dan rattrapa un autre coureur. Il calcula qu'il n'avait plus maintenant que dix attelages devant lui. Sans oublier celui de Greg Harway, beaucoup plus en avant. Mais Dan n'oubliait jamais celui-là. Il était rangé dans un coin de son cerveau.

Depuis le matin, il avait parcouru quatre-vingt-dix miles et il s'arrêta dans une vieille cabane indiquée sur la carte. C'était déjà une très longue étape et il commença à se préparer un thé.

Les chiens, si éprouvés ces derniers jours, restaient sur les pattes, prêts à repartir. Ils étaient même très impatients.

Alors Dan se mit à penser que la cabane n'était pas un très bon campement et qu'il pouvait reprendre la piste.

La nuit était totale lorsqu'il arriva à 01 Woman. Il avait couvert plus de cent miles dans la journée. Aucune lumière ne perçait nulle part. C'était encore un de ces endroits en voie de disparition. En s'avançant davantage le long de l'unique rue, Dan découvrit un point de contrôle avec deux attelages stoppés devant.

Pour une fois, Dan n'avait aucun chien à laisser à ce contrôle. Il alla camper un peu plus loin en rayant ces deux coureurs de sa liste. Devant lui il y avait huit attelages plus celui de Greg.

Il dressa un rapide bivouac pour ne plus avoir qu'à le plier encore plus rapidement avant le jour.

## JOURNÉE DU 21 MARS

Il sortit de son sac de couchage à deux heures et démarra à trois heures. Il était très léger avec juste quelques kilos de vivres pour le midi et le milieu de l'après-midi.

Le traîneau glissait vite dans la nuit sur une meilleure piste. Dan courait parfois, avec sa jambe faible, pour soulager davantage les chiens. Sinon, il poussait sans relâche de sa jambe forte.

Au jour il dételа Bull de la tête pour y placer Eccluke. Il le fit automatiquement, sans trop savoir pourquoi, aucun des deux chiens n'étant fatigué ni ne désirant prendre la place de l'autre.

Il est vrai que certains hommes meurent aussi sans trop savoir pourquoi. Tout dépend de la vie que l'on mène.

Dans cette région, deux grosses rivières, des fleuves pour l'Europe, prenaient leur source dans le Debauch Mountain et se jetaient dans la baie de Norton Sound à Unalaklee.

Dan devait traverser celle qui se trouvait le

plus au sud. Le gel ayant ses mystères, la glace céda brusquement sous le pied qui s'y appuyait pour lancer le traîneau.

Tout alla très vite. La botte s'accrocha sous le rebord du trou qu'elle venait de former. La surprise, jointe à ce choc brutal, fit lâcher prise à Dan. Le traîneau poursuivit son chemin tandis que la glace se brisait davantage autour de son corps.

Il fut retenu sous les aisselles, les bras tendus. Les mains à plat, il essaya un appui pour arracher son corps à l'eau glacée. Dès qu'il plaçait son effort, il entendait les craquements de la glace.

Ses lourds vêtements s'alourdissaient d'eau. Elle pénétrait dans ses bottes et, de seconde en seconde, Dan sentait le poids qui le tirait vers les profondeurs.

Le traîneau s'éloignait. Dan appela les chiens, mais cette race n'était pas habituée à revenir comme un berger allemand ou un épagneul breton.

Le froid resserrait sa prison et s'emparait déjà de ses os. Soudain, il lui sembla que le traîneau amorçait un arc de cercle.

Son corps pesait des tonnes. Sous ses moufles gorgées d'eau, il ne sentait plus aucun terrain solide. Il se maintenait seulement les bras tendus comme le Christ. Sa tête, au ras de la glace, pivota sur son cou raidi. Il s'attendait à entendre son cou grincer comme les gonds grippés d'une vieille porte.

Il suivait des yeux le traîneau qui revenait

presque derrière son dos. Eccluke dirigeait les opérations. Elle arrivait sur son flanc droit. Elle avait choisi d'instinct le secteur le plus solide. L'attelage marchait avec précaution.

Les chiens le dépassèrent et Eccluke s'arrêta lorsque le traîneau se trouva presque derrière son dos.

Dans son trou à la dimension de son corps, bordé de glace brisée, il lui était peu commode de se retourner.

En forçant, il craignait d'agrandir sa tombe et d'y disparaître véritablement. Il aspira et expira de l'air le plus calmement possible et il lança un de ses bras et une partie de son buste vers le traîneau. Il s'y accrocha et pivota complètement. Eccluke, la tête tournée vers lui, repartit en douceur. Les deux mains accrochées au longeron le plus bas du traîneau, Dan se laissa tirer.

Il sentit son corps émerger et, paquet de vêtements gonflé d'eau, glisser sur la glace. A quelque distance, Eccluke s'arrêta encore et Dan se remit péniblement debout. Il avança d'un pas ou deux pour remonter sur les patins du traîneau. Chaque pesée dans ses bottes faisait jaillir de l'eau à l'extérieur.

Le traîneau se sortit de ce piège et Dan se retrouva en confrontation avec le froid de la plaine et du déplacement d'air sur le traîneau qui allaient transformer toute son humidité en carapace de glace.

Il se dirigea le plus rapidement possible vers la ligne sombre d'un bois pour allumer un feu. Il avait percé sa deuxième paire de bottes dans les satanées mauvaises traces pleines de gravier avant McGrath. Il se demandait combien de temps celles qu'il avait aux pieds mettraient pour sécher et même s'il arriverait à les sécher vraiment, lorsqu'il aperçut une cabane faite de bric et de broc à la manière de certains nomades.

Il y serait du moins coupé de l'air pour se changer. Il eut la surprise d'y trouver un homme et une femme sans âge mais pourtant assez vieux d'apparence. Il se trouvait en face de deux Esquimaux irréductibles qui devaient pêcher dans la baie l'été et chasser pauvrement la fourrure en hiver.

Un faible feu se consumait à même le sol. Les yeux de Dan ne quittaient plus la robuste paire de bottes en peau de morse de l'homme.

Il leur montra ses bottes déjà givrées et, en quelques mots de dialecte, proposa un échange.

Ils secouèrent négativement la tête.

Dan se rua sur son traîneau et revint avec des dollars à la main. Le regard de la femme s'y intéressa. Elle s'en approcha, les palpa et parla à Dan, entre les cinq ou six dents qui lui restaient.

Dan accepta. Elle garda les dollars et, tandis qu'il ceinturait le vieux, elle le déposséda elle-même de ses bottes. Il gigotait un peu en secouant négativement la tête.

Dan arracha ensuite ses propres bottes trempées et il se changea dans la cabane. La vieille mit ses bottes à sécher et, en attendant, entoura les pieds du vieux avec un morceau de couverture.

Dan roula ses vêtements mouillés et glacés en boule et les fourra sous la bâche sur le traîneau. Il avait l'impression que les bottes du nomade étaient un peu justes, mais elles étaient chaudes.

Eccluke lui avait sauvé la vie et tout l'attelage en paraissait enchanté. Le trot était vif. A midi il arriva à Unalaklee, sur la côte. La grève se confondait avec la mer dans une même teinte blanc sale. Un ciel gris, sans relief, surveillait l'ensemble.

Dan s'abrita du vent contre la première maison pour donner à manger aux chiens.

Des gens s'approchèrent et lui signalèrent qu'un attelage venait juste de passer et qu'un autre était bloqué dans le village. Le musher se tortillait, paraît-il, sous d'atroces douleurs ventrales.

En voulant savoir s'il ne s'agissait pas de Greg Harway, Dan tomba sur Rocky Bent. En attendant un docteur problématique, Rocky, le visage en sueur, une mousse légère au coin des lèvres, tordu, arqué par les spasmes, s'accrochait aux montants de fer de son lit.

Il posa sur Dan des yeux qui criaient au secours. Le vent empêcherait peut-être l'avion de se poser. Le ventre de Rocky était dur. Les douleurs fulgurantes faisaient penser à une crise de péritonite. Dans une ville, on prend un taxi et le chirurgien de l'hôpital arrange la chose.

Ici, c'était la mort. La piste avec son vent, son

froid, sa nourriture mal dégelée, son harassement, est une entreprise de démolition. A ce moment-là, l'homme se demande toujours qu'est-ce qu'il est venu y faire.

Dan posa sa main sur le front de Rocky et s'en alla. L'impuissance à parler ou à agir le poussait dehors.

Le vent s'était gonflé. L'avion ne se poserait pas et Rocky en terminerait là sans même revoir la mer qui s'argentait à la fin du jour. Dan pensait couvrir encore quarante miles jusqu'à Shaktoolik.

Le sel marin, mélangé au gel, enlevait de la glisse au traîneau. Dan essaya différents fartages. Mais celui qui n'a jamais essayé de farter des skis ou un traîneau dans un vent de cent vingt kilomètres à l'heure par le travers, présidé par un froid de – 40°, oui, celui-là a beau avoir une solide dose d'imagination, il restera toujours loin du compte.

Les temps de montée étaient beaucoup plus longs que ceux de descente. Les six chiens penchaient à peine la tête sous la poussée du vent, et Dan parvenait à trotter pendant les montées.

Son corps flottait un peu sous les vêtements. La piste lui avait bouffé de la graisse. Ses pieds s'étaient habitués aux bottes de l'Esquimau.

A environ trois miles de Shaktoolik, il rattrapa un attelage et, en entrant dans le village, il retrouva Aklosik et George Smith. Devant lui, il n'y avait plus que quatre coureurs et en plus Greg Harway. Les gens de Shaktoolik abritèrent les mushers dans l'armurerie de la Garde nationale. Dan eut une chambre pour lui et les chiens.

Après les soins, Dan et les deux autres allèrent discuter avec les éclaireurs qui auscultaient deux skidoos cassés. Ils pensaient en réparer un avec les pièces de l'autre.

Aklosik et Smith dirent que Rocky Bent était foutu et ils n'en parlèrent plus.

Leurs chiens avaient la diarrhée, due sans doute à de trop fréquents changements de nourriture entre la commerciale et la fraîche, entre la compressée et la congelée. Et George Smith souffrait d'arthrite. Ses genoux étaient comme des ballons et il se demandait même comment il avait pu arriver jusque-là.

Dans le milieu des parieurs, ils apprirent que Greg n'était plus qu'à six heures de là et qu'il n'avait plus que deux heures d'avance sur quatre attelages.

Une information de toute dernière minute descendit sur Dan, Smith et Aklosik entre deux bières : les cinq attelages étaient de toute manière immobilisés par la tempête avant Christmas Mountain, dont il fallait franchir le socle pour filer sur Koyuk le long de Norton Bay.

Dan et ses deux copains n'étaient plus qu'à trois très très longues journées de l'arrivée. Et puis, dans l'assemblée, il y eut un hurlement de joie. Ils lancèrent des chaises, tambourinèrent sur les tables avec des bouteilles. On venait d'apprendre que Jacques Loff avait repris la course, et les gens adoraient ce type. Dan l'aimait bien. Et aussi les yeux gris de sa femme. Il manifesta le désir d'acheter de la nourriture pour le lendemain.

– Pour quoi faire? lui demanda Smith.

Dan comprit que les deux autres attendraient ici que le temps s'améliore.

## JOURNÉE DU 22 MARS

Dan se leva seul. Il se prépara et guetta le jour. Le vent conservait sa violence de la veille. En quelques minutes le froid avait raidi la mâchoire de Dan. Il rentra dans l'armurerie, et un vieux routier du coin qui avait arpenté toutes les pistes lui déconseilla de partir.

– Les chiens peuvent geler et tu gèleras aussi, dit-il.

Il bricolait dans le bâtiment. Une sorte de retraite. Il lui raconta une histoire de traîneau, musher et chiens, statufiés par le froid. Surtout le vent qui sculpte autour de vous une architecture de glace plus solide que la pierre.

Tandis que Dan hésitait, Eccluke et Bull se flairaient, et Eccluke passa sur le museau du groenlandais un coup de langue furtif.

Et le grand chien roux aux drôles de taches blanches sur le museau posa sa tête sur l'encolure de la chienne. Déjà Dan n'écoutait plus le vieux parler du froid et de la mort. L'amour des deux chiens, en cette fin de course, insufflait à Dan davantage que du courage.

Il refit l'attelage en tandem. Les deux malamutes, côte à côte, et les deux huskies, et Bull et Ecclukе les deux leaders. Il équipa tous les chiens de leurs bottines de cuir.

Sous l'impulsion du grand chien roux et de la petite chienne au cœur fier, l'attelage bondit dans le vent. Dan y voyait une bonne chance de rattraper tous les autres. Lui, il allait bien. Il ne voulait pas s'occuper de sa jambe que la fatigue accumulée engourdissait. Il poussait de l'autre, inlassablement, de toute la puissance de ses reins et de ses épaules.

Et il imprimait des secousses au traîneau pour conserver le cap, sous les rafales qui venaient de la mer et le rejetaient à droite. Evidemment, par ce froid d'aujourd'hui, s'arrêter aurait été mourir.

Après trois heures de cette haute lutte, il vit venir à lui deux attelages. Ils rebroussaient chemin. Ils croisèrent, au pas, celui de Dan et lui hurlèrent dans le vent que la seule chance de survivre était d'attendre à Shaktoolik.

A l'examen, ils y seraient vite, car le vent les poussaient trois quarts dos.

Dan, n'ayant plus que trois coureurs devant lui, s'en trouva encouragé. Ses chiens n'étaient pas encore transformés en morceaux de banquise. Ils allaient, et leur forme physique paraissait meilleure qu'au premier jour.

Dan commençait à bénir les longues heures de repos passées à Galena.

Au sommet d'une longue côte, il trouva un attelage immobile. Les chiens s'étaient entassés les uns contre les autres pour lutter. Instinctivement, ils conservaient leur peu de forces pour lutter, immobiles, confiants dans leur fourrure, au lieu de s'user définitivement en avançant.

A quelques mètres d'eux, Dan jugea déjà des méfaits du vent polaire et du début de sa sculpture mortelle autour des corps. Autour de la cagoule de fourrure du nº 20, qu'il ne connaissait pas, de ce type qui avait cru, comme lui, à cette aventure. Saoulé, drogué, momifié debout, avait-il vu Dan le doubler et s'éloigner? Ce n'était pas certain. Il attendait, bien droit, que les portes du grand congélateur se referment sur lui.

La mort roulait ses bourrasques et Dan ne pouvait pas s'arrêter. C'est pourquoi il jugea inutile de se retourner.

Le nº 20 peuplerait les histoires du retraité de la Garde nationale. Dan espéra que le nº 7 ne rentrerait pas dans sa galerie de sculptures hivernales.

Dans les parties accidentées, le vent soufflait les bordures de neige, ce qui brouillait toute visibilité sur la piste. Un peu comme s'il neigeait en tempête, alors qu'il ne neigeait pas. Puis un tourbillon à l'envers déchirait le rideau pendant quelques secondes.

C'est dans une de ces déchirures que Dan vit passer un animal, puis un deuxième. Ils ressemblaient à des loups, et cependant son attelage ne manifestait aucune inquiétude.

Plus loin il en vit un de plus près. C'était un husky avec son harnais. L'attache en avait été démousquetonnée par une main d'homme. Le husky flaira amicalement la moufle de Dan. Il compta huit chiens qui croisaient dans cette tempête. Mais il ne reconnaissait pas les chiens de Greg Harway. C'étaient donc ceux du coureur, deuxième du classement général.

Comme il parvenait à un bois misérablement accroché à une pente raide, il remarqua un traîneau debout, de biais, contre un arbre.

Il ralentit. Le vent agitait comme une voile une toile de tente tendue entre le traîneau et l'arbre. Il y avait aussi des branchages debout, enchevêtrés.

Dan distingua la masse accroupie du musher au fond de l'abri. Il avait libéré ses chiens, lesquels, par instinct, se tenaient en mouvement pour ne pas geler. Et lui, l'homme, il tentait de survivre, coupé du vent.

Dan remit ses chiens au trot. Leur haleine avait givré tout leur poitrail. La glace s'accrochait à leurs poils. Le passe-montagne en laine brute de Dan n'était plus qu'un bloc de glace aux alentours de la bouche. Il avait froid aux doigts malgré les moufles mais, tant qu'il sentirait ce froid, cela irait. Les gelures dangereuses, le sang ne circulant plus jusqu'aux extrémités, insensibilisent la main. Elle n'est plus qu'un bloc de pierre au bout du bras. Cette fameuse architecture du grand froid.

Pour les pieds, ça allait. Les bottes artisanales de l'Esquimau pouvaient faire la pige à n'importe quelle chaussure de ski chauffante, avec leur système de pile sophistiqué. Dan avait eu bien de la chance de passer au travers de la glace de ce fleuve. On n'est jamais bon juge, sur le moment, de ce qui arrive.

Dan abordait les contreforts de Christmas Mountain. Le vent ne faiblissait pas. C'était à se demander où il prenait sa force, cet élan irrésistible.

Dan avançait dans un secteur de mauvaise visibilité. A sa gauche il avait le cap Denbigh, à l'entrée de Norton Bay, d'où venait le vent. A sa droite un bois intermittent qui ne lui servait pas d'abri. Il voyait ses deux malamutes et puis, déjà un peu moins bien, ses deux huskies, et plus du tout Bull et Eccluke.

Brusquement les deux leaders changèrent de direction, sur la droite. Dan le sentit avec les deux huskies, et le mouvement fut imprimé au traîneau.

Dan pensa que Bull et Eccluke étaient détournés par un obstacle qu'il ne pouvait voir dans ce brouillard de neige. Le vent poussait l'attelage dans le dos, et pourtant il avait réduit la vitesse du trot au pas.

Dan essayait de comprendre ce qui leur arrivait lorsqu'il se retrouva entre les parois de planches d'une de ces grandes baraques que construisent les forestiers isolés pour entreposer leur matériel.

Les chiens s'arrêtèrent. Dans la pénombre de ce local sans fenêtre, il distingua un autre attelage avec son musher encore tout emmitouflé dans sa fourrure, et un grand type vêtu d'une longue parka militaire comme en portent les gardes forestiers.

Dan comprit, en le voyant lâcher le harnais de Bull, que c'était lui qui avait intercepté son attelage sur la piste. Et sans doute l'autre attelage aussi. Comme ce musher n'était pas Greg Harway et qu'il portait le dossard n° 12, Dan pensa qu'il s'était trompé dans ses comptes. Mais alors, cette fois vraiment, il n'y avait plus que Greg devant. Mort ou vif.

– C'est une folie de continuer, dit l'homme à la parka.

Il expliqua que la tempête avait interrompu tous les déplacements et toute la vie extérieure dans la région. Que la météo n'annonçait que du pire.

– Vous avez vu passer Greg Harway, le n° 3? s'informa Dan.

Après un temps de réflexion, le type secoua négativement la tête. Dan changea de moufles et de passe-montagne, donna à manger aux chiens. Il les débarrassa d'une partie des glaçons suspendus à leur poitrail.

Le type ajouta qu'aucun être humain, musher ou pas, ne pourrait franchir les ravins et autres pentes formées par Christmas Moutain quand il était assailli par la tempête.

L'autre musher, le n° 12, somnolait malgré le froid. Sa tête dodelinait. Il n'était plus qu'une coque vide, anéantie, et son esprit avait sombré dans la stupeur.

A un certain moment, Dan regarda leur bon samaritain de profil. Il avait déjà vu ce type quelque part. Il fit travailler sa mémoire. Son esprit d'universitaire entreprit un classement des souvenirs. Oui, il avait déjà vu ce nez assez long, un peu en trompette. Le plus fréquent était le nez court en trompette. Le sien était long.

C'était celui d'un des ravitailleurs de Greg Harway. Ils l'avaient attendu avec une camionnette à McGrath, et Dan avait vu le lascar, ici présent, charger du ravitaillement sur le traîneau de Greg.

– Mais ce Greg Harway, vous le connaissez ou pas? demanda Dan.

– D'où est-il?

– Il habite à Nome. Il travaille dans le pétrole.

L'autre fit encore non. Dan fit tourner ses chiens en les soulevant et il fit de même avec son traîneau. Il réenfila ses moufles et son passe-montagne.

Le type se plaça devant la porte.

– Personne sortira. Je suis responsable du secteur et je tiens pas à être obligé d'aller vous chercher dans la montagne.

– Surtout que tu es payé par Greg pour qu'on n'y aille pas. Et puis tu es sans doute en combine avec des parieurs, répondit Dan d'un ton sec. Allez, ouvre cette porte!

L'autre attrapa des planches qu'il plaça devant pour obstruer. Dan arracha une de ses moufles et pointa sa 30-30 dans sa direction.

– Tu ouvres ou non?

– C'est ma baraque, fit le type.

La première balle traversa la planche à un

mètre de son épaule. Dans cette caisse de résonance, le bruit était à vous crever le tympan. Mais le nº 12 ne broncha pas. Ni pour la deuxième balle non plus, qui frappa un peu plus près. Dan ne voulait ni boxer ni se rouler par terre à la lutte. Il conservait ses forces pour la piste.

Le faux derche rejeta les planches au loin et ouvrit vivement la double porte sur la tempête. Elle s'engouffra et les chiens, d'eux-mêmes, foncèrent dedans. Dan baissa un peu la tête, la tourna légèrement sur le côté, et il se retrouva au centre du combat.

Après quelques mètres, il reprit la piste à droite et le vent n'était plus que de travers. Heureusement car, de face, il interdisait la respiration.

Bull et Eccluke, en tandem, imprimaient à la traction une grande continuité. Leur entente, leur amour peut-être, s'était glissé au bon moment dans le destin de Dan.

Le vent avait rendu le sol très dur, le râclant jusqu'à la glace. Pour négocier deux descentes très raides, Dan avait dû enrouler des chaînes autour des patins.

Et une remontée d'à peine un mile leur avait pris trois heures. Avec les bottes, il glissait en arrière en essayant de pousser le traîneau. Il ne pouvait pas le tirer non plus, et les pattes des chiens, dans les protections de cuir, n'accrochaient pas.

Il était pourtant hors de question de leur remettre les pattes à nu, à cause du froid et de certaines arêtes en glace vive. Dan profita d'un étroit vallon, pas plus large qu'une voie de chemin de fer entre deux parois, abrité du vent, pour s'arrêter et chausser ses crampons.

Ce matériel, idée d'Eléonore, celle qui avait toujours raison, était bien, à ce moment précis, aux yeux de Dan, la meilleure idée qu'une femme ait jamais eue. Et même un homme.

Il avait pris garde de ne pas trop bloquer la lanière au-dessus de sa botte pour ne pas gêner la circulation du sang. A la sortie du vallon, il attaqua une série de rampes qui devaient le mener sur un plateau. Et il faudrait redescendre de tout cela. La visibilité était meilleure, le vent n'ayant plus de neige à lui souffler à travers la gueule.

La laine de son passe-montagne était de nouveau dure comme une plaque de zinc autour de sa bouche. Les chiens marchaient dans la rude montée, le museau rasant le sol. Et Dan, sur ses crampons, poussait le traîneau de toutes ses forces, le cou dans les épaules, le corps en oblique.

Il ne voyait que ses bottes et le sol. Parfois il appuyait sa tête contre les montants du traîneau et poussait aussi avec sa tête.

Sur sa droite, il y avait une pente qui fuyait vers un autre ravin. Elle était parsemée de rochers qui émergeaient du sol brillant de glace comme des verrues. Plus Dan montait, plus cette pente, à sa droite, se creusait. Parfois le patin du traîneau s'en rapprochait en extrême bordure, et

Dan se reportait brusquement à gauche pour écarter le traîneau de ce toboggan glaciaire.

Dan se refusait à regarder en haut, vers le plateau. Il s'obstinait à fixer son attention sur ses bottes et la limite du précipice. Il comptait mentalement jusqu'à cinquante. Et puis remettait le compteur à zéro.

Il grignotait cette défense de la piste de cinquante en cinquante. Pour se distraire, il comptait aussi jusqu'à soixante-quinze.

Et les chiens s'arrêtèrent. Dan ressentit pleinement le poids du traîneau et, redressant le torse, il leva la tête vers son attelage.

Deux chiens barraient la piste et deux autres essayaient de reprendre pied, les pattes de devant sur la piste et le train arrière dans la pente de glace. Sur cette pente il y avait le reste de l'attelage et un traîneau, et Greg au bout de ce traîneau.

Les chiens qui essayaient de remonter patinaient désespérément. Ils étaient à l'abri du vent qui passait sur la piste et les survolait. Mais le fond du ravin les guettait et, tout le long de la pente, les pointes de rocher acérées comme les dents de la mer.

Greg avait dû se battre, mais présentement il était pendu par les bras, le corps le long de la pente.

Les chiens s'usaient les pattes en grattant furieusement la glace, avec pour seul résultat de ne pas être happés par le vide. Mais rien ne progressait vers le haut.

Dan saisit par les harnais les deux chiens à

moitié dans le vide et, arc-bouté sur ses crampons, essaya de les tirer totalement sur la piste. Mais le poids des six autres chiens additionné à celui du traîneau et de Greg Harway n'aurait pu s'arracher de cette pente qu'à l'aide d'un palan.

Dan, le souffle raccourci par l'effort, miné par le froid et les assauts du vent, regarda s'il avait la place de passer avec son attelage. C'était possible s'il écartait les deux huskies qui s'accrochaient à la piste. Dans ce cas, ils bascu000leraient dans le vide avec tout l'attelage et Greg au bout.

Il pensa à Virginia et à ce qu'il pourrait bien lui raconter après un coup pareil.

A cette seconde, Greg leva la tête et l'aperçut. Il hurla quelque chose d'incompréhensible. Dan lui vit lâcher d'abord une main, puis l'autre deux secondes plus tard, et se mettre à glisser, les pieds les premiers.

Greg hurlait toujours. Et son corps pivota. En dernière vision, Dan le vit glisser sur la glace la tête en avant.

Les crampons de Dan mordirent dans la pente, et il se retrouva, sans réfléchir, derrière le traîneau de Greg. Il le poussa, de dos, face à la pente, marchant à reculons sur ses crampons. A peine légèrement soulagés, deux autres chiens reprirent pied sur la piste.

Et encore deux autres. Les forces étaient inversées, et le traîneau se retrouva lui aussi sur la piste dans le sens inverse de celui de Dan.

Dan, indécis, était encore dans la pente, les mains posées à plat sur la piste. Seule sa tête était agressée par le vent. Il se hissa d'un seul coup, ramassa un peu de corde à laisse et sa trousse de pharmacie. Il ne pouvait attacher le traîneau de Greg qu'à son propre traîneau ou ne pas l'attacher du tout.

Il avança seulement son traîneau à dix mètres de l'autre. Il enfonça son poignard dans la glace jusqu'à la garde et y attacha son traîneau. Il aurait peut-être abandonné un autre musher, mais pas Greg. Il ne savait pas s'il descendait pour lui donner une leçon de « savoir vivre ». Il descendait peut-être pour faire ce qu'aucun homme n'aurait fait à sa place. Sauver Greg le butor, qui lui avait pris sa femme et qui avait bavé sur lui tant et plus.

Dan descendait-il par orgueil? Par peur qu'on l'accuse d'avoir tué son ennemi? Dan ne répondrait jamais à aucune de ces questions.

Il descendait dans le crissement des crampons qu'il arrachait à la glace et replantait d'un mouvement précis. Les genoux pliés, en appui sur les cuisses, le torse perpendiculaire à la pente.

Et ce fut le corps de Greg. Sur le dos, le visage raboté par la glace, les vêtements lacérés par les rochers. Une large plaie rouge qui le défigurait. Et le sang chaud, tout frais et déjà gelé. Sous les sourcils givrés, les yeux à demi clos par la carapace de ce liquide, il y avait encore un regard.

Dan lui versa de l'alcool à 90° qui ne put franchir la mâchoire bloquée. Il n'y avait pas de vent au bas de cette pente. Il n'y avait que le silence rendu encore plus profond par le vent qui jouait du violon vers le haut.

Entre deux coups d'archet, le silence préfigurait la fin du monde. Greg avait passé son bras autour du cou de Dan accroupi à ses côtés.

Greg avait la volonté de parler, mais il n'eut qu'un pauvre mouvement de gorge comme un volatile de basse-cour. Que restait-il du sale con ou de l'homme valable qu'il avait dû être aussi? Un corps qui se gelait sous un visage en lambeaux, un paquet de fourrure. Du moins le sort lui apportait-il le secours de l'homme qu'il avait le plus détesté et dont il avait souhaité la mort.

Dan tenta de se relever avec ce fardeau. Il y parvint. Ils firent deux pas, et les jambes de Greg plièrent comme du fer-blanc. Dan le recoucha. Ce n'était pas avec sa petite trousse de secours qu'il retiendrait la vie qui foutait le camp, mais il essaya une piqûre de camphre. Ils n'étaient pas dans la tiédeur d'un cabinet médical. Les doigts gourds de Dan tenaient mal la seringue qui se cassa. Tout devenait dérisoire.

Le froid chassait la vie. Il étreignait le cœur qui ne distribuait presque plus de sang. Mais la vie a d'incalculables ressources.

Greg hissa son visage jusqu'à celui de Dan qui sentit les lèvres durcies contre son passe-montagne. Greg voulait tellement parler. Il n'en avait plus que la volonté. Dan la sentait si grande qu'il attacha la corde autour de Greg et entreprit de le tirer en le faisant glisser sur le dos.

Dan, la corde passée sur son épaule, tirait

Greg Harway sur la terrible pente. Dan pensait qu'il tirait l'espérance, alors que, au bout de trente pas, il ne tirait plus qu'un cadavre.

Il l'abandonna à mi-pente à un rocher. C'est encore là que les loups ou autres bestioles viendraient le moins facilement le dévorer.

Et voilà. Greg Harway, en tête de la course, avait versé. Le patin de son traîneau était tombé dans le vide. Le reste avait dû aller très vite.

Sur la piste, Dan ne retrouva pas l'attelage du mort. Comme il n'y avait aucune trace vers l'avant, il en déduisit que les chiens avaient rebroussé chemin. D'ailleurs il les avait laissés dans ce sens-là. Les chiens retourneraient très bien d'où ils venaient.

Dès qu'il donna le signal du départ, il comprit que ses chiens étaient à moitié gelés. Lui, il avait continué à agir sur la pente et eux étaient restés en plein vent après leur effort.

Et ça n'allait plus. Même sur le plateau, leur démarche ne retrouvait plus la souplesse. Et Dan s'était mouillé de chaud en tirant le corps de Greg. Contre sa peau, la première laine gelait après avoir absorbé sa transpiration.

Ils n'étaient pas sortis de cette montagne et le froid les rattrapait à la course. Pas un arbre pour faire du feu. Rien que cet univers d'arêtes pelées.

Les vêtements se resserraient autour de la poitrine de Dan. Il respirait déjà plus difficilement. Il arrêta d'aider le traîneau et les chiens se mirent au pas. Ce changement de rythme lui donna l'impression de rester collé sur la piste dans cette tempête.

Il porta une moufle à son œil gauche pour tenter, en le coupant de l'air, de faire fondre un peu de cette glace qui lui rétrécissait la vue. Et, après, l'œil droit. Ça ne servit qu'à lui faire perdre l'équilibre sur les patins du traîneau.

Il se serait volontiers jeté au fond d'un ravin pour se couper du vent et installer un bivouac de survie.

Rien que du plat. Où était donc la descente qui devait le ramener sur le littoral? Où était donc cette bon dieu de salope de descente?

Entre les deux malamutes et les deux leaders, les deux huskies faiblissaient. Eccluke s'était déjà retournée en sentant que ça heurtait par saccades derrière elle.

Placide, Bull, le grand chien roux, marchait sans arriver à reprendre le trot. Derrière lui, ça ne venait pas. Et le musher ne poussait plus. Il eut la tentation de bifurquer à droite pour aller n'importe où mais avec le vent dans le dos.

Lorsque le traîneau vint se planter dans une congère de neige soufflée, Dan pensa qu'il ne serait pas allé beaucoup plus loin que Greg. La secousse le projeta contre son traîneau et il resta un peu là, le torse penché, avec ses chiens arrêtés.

Et puis il fit des gestes automatiques. Il détacha les chiens pour qu'ils courent leur chance, tira à lui tant bien que mal la bâche qui recouvrait ses affaires et se glissa dessous.

Une mauvaise somnolence, cette connerie qui

s'appelle aussi la mort blanche, se mit à cohabiter sous cette bâche. Il avait coincé cette protection entre son corps et le traîneau. Une partie flottait dans le vent avec des claquements plus secs que des coups de fouet. C'était son drapeau, mais ce n'était pas celui de la victoire.

Il perdit finalement conscience, à ne plus en entendre le vent, à ne plus savoir s'il faisait jour ou nuit, froid ou chaud. Il essaya de retenir encore sa vie en réfléchissant à des choses. Des choses bêtes, n'importe lesquelles : comment il se rasait le matin, l'uniforme d'un gardien de prison, la politique et les courtes chemises de nuit de Virginia.

Avant de perdre entièrement conscience de lui-même, il se demanda comment se portait Irik et s'il continuait à tirer sur les sandows pour améliorer son bras.

Et puis on tira sur sa bâche et ce n'était plus le vent. Un poids sur la poitrine. Un autre sur ses jambes. Une haleine sur ses yeux.

Il se débattit, encore ailleurs, et sentit qu'il prenait un corps en plein bras. De la fourrure. Un loup. Il émergea en criant sourdement sous son passe-montagne gelé.

Eccluke le regardait de ses yeux bleu pâle couleur de lune. Il se redressa. Elle avait, dans sa gueule, une fourrure blanche. Elle déposa près de sa main un lièvre des neiges. Elle lui avait brisé l'échine. Mais il était encore tiède.

Fébrilement, sentant que la vie était là, Dan trancha la gorge du lièvre au poignard et but son sang. Tout son blocage, son durcissement intérieur, s'amollit, il retrouva sa souplesse. Il donna le lièvre vidé de son sang à Eccluke qui le prit délicatement et s'éloigna avec.

Alors, avec des gestes souples, pour se redonner confiance, se prouver qu'il était encore là avec assez de force, Dan roula sa bâche, la fourra dans le traîneau.

Les chiens avaient dû pas mal circuler, mais ils n'étaient pas loin. Il attela un malamute et l'autre surgit en trottant. Et les autres. Et Bull qui gémissait de plaisir. Tandis qu'il l'attelait, Eccluke posa ses deux pattes sur l'homme retrouvé. Il se sentait la tête un peu vide, mais léger.

Il ne savait pas exactement combien de journées, combien d'heures le séparaient de la banderole de l'arrivée, mais il n'avait plus envie de s'arrêter nulle part.

Au bout d'une centaine de mètres, il vit la dépouille d'un lynx exécutée par les chiens polaires. Il n'en restait que la peau, et les chiens trottaient à nouveau, réchauffés par cette partie de chasse.

Dan n'avait plus envie que d'en finir. En finir, en finir, en finir, et c'est ce mot qu'il scandait dans sa tête et dans son corps à chacune des puissantes poussées de sa bonne jambe.

Lorsqu'il retrouva l'arc de cercle de Norton Bay, il comprit qu'il en avait du moins terminé avec la montagne.

Koyuk était situé dans le haut de l'arrondi de la baie. La nuit ne s'installait pas. Dans cette proximité du détroit de Bering, elle tombait d'un coup; bien sombre. Dan eut l'impression que cette nuit-là avait bâillonné le vent. Il était tellement étourdi par ce vent depuis d'interminables heures qu'il ne pouvait plus bien juger de son intensité. Surtout qu'il approchait de lieux habités, ce qui atténuait déjà l'hostilité de la nature.

Mais, à l'attitude des chiens qui trottaient la tête droite, il fut certain que le vent avait baissé sa garde.

Il arriva vers onze heures à Koyuk. Des gens veillaient. Des parieurs, évidemment, et d'autres qui voulaient compter les survivants.

Au contrôle, on rassura Dan sur sa position. Il était bien le premier. Il parla de la mort de Greg Harway et des autres en grande difficulté avant la montagne. Il essaya, sur une carte d'état-major, de situer le corps de Greg.

Comme il avait nourri les chiens avant de les dételer, il constata qu'ils voulaient repartir aussitôt.

On lui offrit un garage pour les chiens et une chambre pour lui. Mais il préféra rester avec les chiens. Un instinct le poussait à ne plus les quitter. Ils étaient devenus ses compagnons du risque.

## JOURNÉE DU 23 MARS

Dan ne resta à Koyuk que trois heures. Il s'était étendu à même le sol, sans sac de couchage. Ce garage chauffé était un paradis. Il sentait que s'il avait commencé à s'enfoncer dans le confort d'un lit, il ne serait peut-être plus reparti. Il aurait brisé quelque chose.

Pour la première fois, il n'avait pas ôté les harnais des chiens. Eux aussi ressentaient la volonté du musher, tendu vers le but comme la corde d'un arc.

Dans Koyuk endormi, le traîneau glissa avec son crissement sympathique. Le vent n'était plus qu'un souffle d'air. Dan avait enlevé ses crampons. Son corps était sec dans des vêtements secs.

Il entra enfin dans Elim. Il était à cent cinquante miles de Nome, de l'arrivée. A Elim les gens lui donnèrent à manger. Comme il dormait debout, un jeune couple voulut l'obliger à dormir. Il était sur le point de céder lorsque la radio annonça qu'un autre attelage s'approchait de Koyuk.

Dan pensa au type sous son traîneau en forme de hutte. Il avait dû, après la tempête, marcher toute la nuit. Ou alors, c'était celui du hangar dans la forêt. La radio annonçait aussi la mort de Rocky Bent et de Greg Harway.

Dan repartit pour Golovin à environ vingt miles. Il se disait que si vraiment le traîneau qui le suivait s'arrêtait, il s'arrêterait aussi.

Il n'y avait que les gifles du vent pour le tenir éveillé. Il grimpa des montées assez longues, de trois à quatre miles chacune. Dan se retournait souvent, comme le font les coureurs cyclistes dans une échappée. Mais aussi loin que portait son regard, il était seul. Il arrivait à Golovin à six heures du soir.

Il mangea et acheta de la viande fraîche pour les chiens. Il ne lui restait plus que quelques dollars.

A neuf heures du soir, il quitta Golovin. Le musher qui le suivait n'avait que trois chiens. Il ne portait pas de dossard. Il l'avait sans doute perdu. Ou alors ce n'était pas un coureur. Il avait traversé Koyuk sans s'arrêter et on le signalait en vue d'Elim.

Dan calcula qu'à la vitesse à laquelle allait son poursuivant, il n'avait plus que trois heures d'avance sur lui. A ce moment-là il faisait déjà noir et Dan se dirigeait vers White Mountain. Les chiens se guidaient aux traces. Il arriva à White vers minuit.

Si proche de Nome, la course dégageait une telle fièvre que les gens veillaient. Ils voulaient voir le premier et tous les autres. Surtout les derniers qui terminent à l'agonie.

Partout, le même cirque, les mêmes commentaires sur l'état des chiens, la fatigue du musher, ses chances. Dan, hébété, n'entendait plus rien. Il n'avait pas envie de parler, car il sentait que la fatigue avait ralenti les mouvements de sa mâchoire. Sa voix était devenue pâteuse comme celle d'un ivrogne.

Il pénétra dans un local sans dételer les chiens. Il s'assit simplement contre son traîneau. Il n'avait pas dormi depuis vingt-quatre heures.

Il se demanda combien l'autre, avec ses trois chiens, tiendrait le coup sans dormir. Il s'accorda deux heures et demanda à des jeunes gens de le réveiller dans deux heures. Il les pria de le faire absolument, sinon il perdrait la course. Il ajouta que ses chiens ne méritaient pas ça.

# 24 MARS, LE DERNIER JOUR

Lorsqu'on le secoua, Dan bondit dans un sursaut qui relevait de l'asile. Les yeux grands ouverts, il détaillait l'endroit, son attelage et, inconsciemment, sans bien savoir où il en était, il cherchait l'autre attelage, son poursuivant.

Les jeunes gens lui tendirent du café. Dan l'ingurgita brûlant, et cela lui fit pleurer les yeux. Ses paupières étaient si lourdes qu'il avait l'impression que quelqu'un pressait dessus pour lui enfoncer les yeux dans la tête.

Il était surpris de voir ses chiens, la queue en trompette, ce pouvoir fantastique de récupération. Aussi longtemps que Dan pourrait rester sur ses pieds, ils pourraient rester sur leurs pattes. Leur endurance l'épatait vraiment.

Il finissait de leur donner à manger lorsqu'une jeune fille, son transistor en bandoulière, s'avança pour lui annoncer que l'homme aux trois chiens était à moins d'une heure. Il ne s'était véritablement arrêté nulle part. Il allait, il allait, sans manger ni dormir.

A soixante miles de l'arrivée, Dan n'avait plus

qu'une heure d'avance. Il cria les ordres de départ, lançant le traîneau en courant sur quelques mètres. Il n'avait jamais autant boité en courant.

Il avait débuté la course comme un paria, sous les quolibets. Et, tout au long de l'épreuve, il avait trouvé de l'aide. Même la haine de Mieldost n'avait pas résisté à la course. Cette course avait réintégré Dan. Serait-ce seulement pour l'espace d'une course?

A Nome, dans un grand centre, que deviendrait cette bonne vibration sociale?

Le trot des chiens s'allongeait au maximum. Il faisait beau dans le petit matin. La grève, prise dans la glace, brillait. On voyait la limite de l'eau parce qu'elle était moins immobile.

Des gens acclamèrent Dan, depuis le seuil de leur maison. Il entamait la traversée d'une longue plaine déserte, la dernière peut-être avant de rencontrer des routes, des voitures et les petites agglomérations, premières balises du grand centre.

A la fin de cette plaine, il se retourna, et c'est là qu'il vit le point noir du traîneau. Il gagnait nettement du terrain. Il profita d'une petite bosse et dans les cinquante mètres de la descente il lança ses chiens au galop. Il avait sans doute encore une demi-heure d'avance. Si les chiens pouvaient courir, ça irait.

Eux aussi sentaient l'arrivée. Ils étaient sortis facilement de leur habitude de trotter.

Bull, dans une formidable élongation, imprimait le rythme. Eccluke, malgré son grand âge, s'alignait sur l'effort. Et Dan se retournait et se retournait encore. Il ne voyait plus l'autre attelage à cause des virages et des petites déclivités. Il pensa qu'il avait, pour le moins, stabilisé l'écart.

Il longea une route. Deux Land Rover le saluaient du klaxon. Deux heures à peine et ça serait l'arrivée. Les gens et le regard de Virginia.

Il attaqua une série de montées, certaines de plusieurs kilomètres. Il courait derrière le traîneau, à la limite de l'asphyxie. Les chiens parvenaient à trotter pendant toute la montée et à courir comme des fous dans la descente.

Dès que Bull et Eccluke sortaient de la pente, à la montée, ils essayaient aussitôt de courir, alors que les autres chiens et le traîneau étaient encore dans la montée. C'est là qu'ils s'allongeaient le plus, tiraient le plus sur leurs muscles, la peau tendue à craquer, les nerfs jouant de la harpe.

C'est là qu'Eccluke s'écroula, foudroyée. Le cœur rompu comme le filament d'une lampe. Elle marche comme une neuve malgré les années, et elle s'éteint d'un coup, sans prévenir, sans que l'on puisse s'en douter.

Bull la flaira un peu. Dan courut, tomba à genoux, la souleva, la reposa, pleura dans le froid qui lui pétrifiait ses larmes, qui lui soudait les paupières.

Eccluke était encore molle, toute chaude de sa course. Elle ne verrait pas la banderole. Elle avait emporté avec elle la joie de l'homme qu'elle aimait tant.

Il étendit la bâche, la coucha dessus, sa tête d'asiatique bien dégagée, ses fines pattes repliées comme dans le saut pour lequel elle venait de s'élancer.

Il replia soigneusement la bâche et la porta sur le traîneau. Bull le regardait. Dan l'attacha au bout de la longe, bien au centre, en flèche comme on dit.

Lorsque Dan, absent, relança l'attelage, l'homme aux trois chiens déboulait sur lui.

C'était Jacques Loff. Son traîneau entièrement vide voltigeait. Il n'avait plus rien. Ni vivres, ni matériel de bivouac. Il s'était dépouillé de tout, de l'indispensable et du nécessaire. Il s'était placé dans une situation de non-retour, de non-stop. Le traîneau vide, l'estomac vide, le cerveau vide, il allait.

Lui qui était déjà grand et mince apparut à Dan encore plus grand et plus mince. Une ligne sombre derrière son traîneau. Les chiens aussi, tendus sous leur épine dorsale, n'étaient plus que trois lignes, trois traits de fourrure, la tête dans le même alignement que le dos.

La vitesse et le silence dans lequel passa l'attelage de Jacques Loff accentuaient cette impression fantomatique.

Il ne portait ni bonnet de fourrure ni passe-montagne. Seulement un serre-tête pour les oreilles. Il laissait le froid lui mordre les joues et le front.

Les chiens de Dan, piqués par la compétition,

se relancèrent derrière. Dan avait perdu une vingtaine de mètres, puis trente, puis cinquante.

Il ne restait que cinq miles. Trente minutes de course. Dan, dans une ultime petite montée, jeta les vivres et toutes ses affaires sur le bord de la piste. Il vit alors que Loff ne lui prenait plus rien.

Les deux mushers, dans un état second, ne voyaient même pas les gens manifester sur les bords de la piste. Ils n'entendaient que le halètement de leurs chiens.

Dan reprit une dizaine de mètres. S'il pouvait s'alléger encore, il reviendrait en tête. Mais, sur le traîneau, il ne restait que le corps d'Eccluke. Jeter Eccluke sur la piste, comme une surcharge? L'abandonner comme un paquet au dernier poste de contrôle, là, à cent mètres?

Il passa devant le poste. Il ne restait plus qu'un mile avant la ligne. Et toujours ses quarante mètres de retard. Il cria des ordres et, pour la première fois depuis le départ, fit claquer son fouet.

Trente mètres. Pour Eccluke, en souvenir de tant de courage dans ce corps de husky, il devait gagner.

A force de fixer le dos de Jacques Loff, il distinguait de nouveaux détails sur ses vêtements. Il en déduisit qu'il se rapprochait, qu'il l'aurait finalement sur les derniers cinq cents mètres.

Une année, la course s'était gagnée au sprint avec un chien d'écart, comme à Longchamp.

Cette fois-ci elle se gagna avec vingt-cinq mètres d'avance, sur un million huit cent mille mètres.

Jacques Loff avait gagné. Des gens stoppèrent son attelage, mais déjà Dan Murphy avait franchi la ligne.

Les deux attelages se rejoignirent au centre de la foule. Jacques Loff et Dan se regardèrent alors. Ils tendirent leurs moufles qu'ils se serrèrent maladroitement.

La femme aux yeux gris était là. Elle sourit à Dan. Lui, il ne pouvait rien manifester. Il se demandait ce qu'il faisait dans cette foire, cette cohue. Il voyait à la fois tout le monde et personne. Il se sentit poussé vers la tribune. Il aurait voulu rester avec ses chiens. Le flot humain l'entraîna. Une musique militaire éclata.

Il grimpa les marches de bois, porté comme sur un échafaud. On lui remit une médaille et une coupe à Jacques Loff.

Et cinquante mille dollars à Loff et quarante mille à lui. La différence entre les vingt-cinq mètres.

Ce ne fut qu'après tout cela qu'il se retrouva en face de Virginia. Il chercha sottement autour d'elle s'il ne voyait pas Bob Leeve ou Eléonore.

Mais Virginia lui prit le bras et il lut dans ses yeux toute son interrogation. La mort de Greg.

– Il s'est écarté, dit simplement Dan.

Il n'ajouta pas qu'il avait fait ce qu'il avait pu pour lui. Elle le devinait sans doute. Elle resta auprès de lui, insensible à ce qu'on en penserait. Ils essayèrent de se détacher un peu de la foule. Un haut-parleur annonçait le troisième à plusieurs heures et les suivants immédiats à une journée de retard, peut-être deux.

Une voix cria son nom. C'était Eléonore. Elle courut. Elle connaissait Virginia, mais ne s'y intéressa pas. La présence des femmes adoucissait les minutes de Dan.

Eléonore l'embrassa, lui rappela son pari. Gagnant, placé deuxième. Elle lui dit que Bob allait mieux, que l'assurance paierait l'avion. Qu'il vienne à Fairbanks, on y ferait la fête. Il promit.

Il retourna vers son attelage. Ils parlèrent d'Eccluke avec Virginia. Il lui fallait enterrer Eccluke.

Comme elle était née dans le chenil de sa maison, Virginia pensa que la meilleure place serait dans ce jardin. Il accepta et fabriqua une caisse. Le sol gelé lui donna un mal fou, mais il était content de souffrir encore pour la chienne.

Il planta, en terre, sur la tombe, son poignard de chasse qui avait tranché la gorge du lièvre.

– Quand ils seront tous arrivés, il y aura un grand banquet, dit Virginia.

Dan regarda au-dessus d'elle, une direction indéfinie.

– Je ne crois pas que j'irai, dit-il.

Il était trop fatigué pour se reposer. Il n'arrivait pas à se relaxer. Il ne savait pas ce qu'il voulait faire dans l'immédiat. Il s'en irait, reviendrait. Il ne le savait pas. Son esprit était resté dans la course, sur la piste.

Il boitait nettement en se déplaçant. Ça s'arrangerait. Mais comme il ne voulait pas qu'elle le regarde boiter, il s'en alla.

Deux ans plus tard, le lieutenant d'aviation Numivak, des éclaireurs esquimaux de la Garde nationale de l'Alaska, faisait la déclaration suivante au retour d'un vol au-dessus de la banquise :

« Je survolais une masse de glace près de Shishmaref, au bord de la mer des Tchouktches, avec un appareil biplace expérimental pour sa pose en terrain exigu, lorsque je vis un hélicoptère poursuivant un ours blanc et deux oursons.

« Un chasseur passait déjà un fusil par la portière ouverte de l'hélico et j'entendis un coup de feu. Mais au lieu de voir un des animaux s'abattre, ce fut l'hélico qui bascula, se redressa et se posa en catastrophe de biais. Sa grande pale vola en éclats en heurtant la glace.

« J'ai amorcé un virage pour me poser et leur porter secours. Dans ce mouvement, je découvris derrière un accident du terrain un homme et un traîneau à chiens. Ils étaient à l'arrêt.

« L'homme rejoignait son traîneau. Il me semble qu'il boitait légèrement. Je ne pourrais dire avec certitude si le coup de feu était parti de là ou non.

« Il me semble me souvenir que son chien de tête était un grand chien roux, mais je ne pourrais pas absolument le certifier.

« Cet attelage s'est éloigné. Il n'y avait personne de blessé dans l'hélico. J'ai prévenu la base par radio. Les ours s'étaient enfuis. »

## DU MÊME AUTEUR

*Aux Éditions Gallimard*

*Dans la collection Carré Noir*

CLASSE TOUS RISQUES, *n° 55*

LE DEUXIÈME SOUFFLE, *n° 61*

LA SCOUMOUNE (L'Excommunié), *n° 104*

MEURTRE AU SOMMET, *n° 119*

LE GITAN (Histoire de fou), *n° 214*

LE RUFFIAN, *n° 479*

HO, *n° 514*

*Dans la collection Folio*

LE TROU, *n° 318*

LES GRANDES GUEULES (Le Haut-fer), *n° 463*

LES AVENTURIERS, *n° 584*

MON AMI LE TRAÎTRE, *n° 1321*

*Impression Brodard et Taupin*
*à La Flèche (Sarthe),*
*le 20 février 1987.*
*Dépôt légal : février 1987.*
*Numéro d'imprimeur : 6919-5.*
ISBN 2-07-037810-1 / Imprimé en France